龍の激闘、Dr.の撩乱

樹生かなめ

white heart

講談社X文庫

目次

橘高正宗
【きったか まさむね】
清和の養父。
眞鍋組顧問。
祐
【たすく】
眞鍋組の参謀。
安部の息子のような存在。
安部信一郎
【あべ しんいちろう】
正宗の右腕であり舎弟頭。
眞鍋組組員の信望が厚い。
橘高典子
【きったか のりこ】
清和の養母。
リキ
清和の右腕。
眞鍋の虎と呼ばれる。
橘高清和
【きったか せいわ】
眞鍋組二代目組長。
氷川の恋人。
氷川
氷川諒一
【ひかわ りょういち】
清和の恋人。
明和病院に勤める
美貌の内科医。
人物紹介

京介
【きょうすけ】
ホストクラブ・ジュリアスの人気ホスト。ショウの幼馴染み。
サメ
眞鍋組の諜報部隊トップ。
ショウ
清和の舎弟。
眞鍋組の特攻隊長。
吾郎
【ごろう】
清和の舎弟。
卓
【すぐる】
清和の舎弟。
箱根の旧家出身。
宇治
【うじ】
清和の舎弟。
信司
【しんじ】
清和の舎弟。
摩訶不思議の信司と呼ばれる。

イラストレーション／奈良千春《ならちはる》

龍《りゅう》の激闘《げきとう》、Ｄｒ.《ドクター》の撩乱《りょうらん》

1

自分の命と愛《いと》しい男、どちらか選ばなければならないのならば、氷川諒一《ひかわりょういち》は躊躇《ためら》わずに後者を選ぶ。たとえ、背中に極彩色の昇《のぼ》り龍《りゅう》を背負っている極道でも、可愛《かわい》くてたまらない男だ。

不夜城に君臨していた眞鍋《まなべ》組の二代目組長である橘高清和《きったかせいわ》は、今現在、かつてない窮地に追い込まれている。平凡な内科医の氷川にはどうすることもできない。

命より大切な男が目の前にいるからか、何かが入り込んだのか、確かな理由は不明だが、氷川の脳裏に運命の相手を探し求めて断念した女性看護師が浮かんだ。

「……七年前に結婚相談所に登録して、お見合いパーティにも参加して、必死になって結婚相手を探していた女性看護師がいたんだけど、昨日、結婚を諦《あきら》めたって宣言した」

突然、なんの前触れもなく、氷川の上品な唇から飛びだした話に、清和は動揺したらしく無言で上体を震わせた。玄関のドアを背に立っていた参謀の三國祐《みくにたすく》にしてもそうだ。

何しろ、ほんの数分前まで、氷川と清和は睨《にら》み合《あ》っていた。その十数分前はロシアン・マフィアのイジオットのニコライと清和が、殺気を込めて銃口を向け合っていた。清和は嫁として遇している氷川に手を出す輩《やから》は、誰であっても容赦しない。清和の右腕であるべきリキこと松本力也《まつもとりきや》が仲裁に入らなければ、辺りは血の海と化していただろう。

「縁結びの神社に通って、縁結びのお守りを片時も離さない女性看護師がいたんだけど、結婚どころか恋人もできなかったって……大切な男ができること自体が奇跡だ、って叫んでいた……うん、僕もそう思う」

仕事に打ち込みすぎたのか、婚期を逃がしてしまう女性看護師は少なくない。勤務先と自宅の往復だけ、すべてを仕事に注いでいた氷川に、運命の相手が授けられたことは奇跡だ。氷川の白皙《はくせき》の美貌《びぼう》がいっそう華やいだが、清和の鋭い双眸《そうぼう》には影が走った。

「……おい？」

氷川と清和の視線が交差し、辺りの空気がざわざわとざわめく。なんとも形容しがたい愛しさが氷川の胸に込み上げた。

「僕には命より大切な男ができた。奇跡だ。最高の幸せをもらったんだ」

愛しい清和と再会する前、ひとりでどうやって生きていたのか、今となっては不思議でならない。氷川は自分の幸運をしみじみと噛《か》み締《し》める。

「……先生？」

新しい現実逃避か、と祐は腕を組んだ体勢で独り言のように呟《つぶや》いたが、氷川の意識はしっかりしている。

どうして清和と暮らしていた眞鍋第三ビルから出たのか、どうして祐のマンションで暮らしているのか、どうして玄関の前の廊下にいるのか、どうしてリビングルームの窓が割れたのか、すべて氷川は覚えている。

「学生時代だけじゃなくて医者になってからも、僕は氷川総合病院の院長の息子だって羨《うらや》ましがられたことが何度もある。けど、僕が施設育ちの養子だって知ったら、意外と同情してくれたんだ。確かに、僕は幸せな子供じゃなかったよね？」

氷川は生後間もなく施設の前に捨てられ、両親の顔どころか名前も知らない。十二歳の時に裕福な氷川家の跡取り息子として引き取られたものの、実子の誕生で無用の存在と化し、心ない扱いを受けるようになった。優しく迎えてくれた義母の豹変《ひょうへん》に、氷川は打ちひしがれたものだ。

「俺がいるから」

当時、絶望的なまでの氷川の孤独感を癒《い》やしてくれたのは、近所のアパートに住んでいた小さな子供だった。無邪気に懐《なつ》いてくれた清和がいたから、義母のひどい仕打ちにもくじけず、義父と同じ医師を目指して詰め込み式の勉強に励めたのだ。結果、義父と同じ名門大学の医学部に現役で入学し、医師国家試験も一度で合格した。

「うん、可愛い清和くんがいたから僕は耐えられた。清和くんがいれば僕はそれで幸せなんだよ」

小さな幼馴染《おさななじ》みはいつの間にか堂々たる美丈夫に成長し、指定暴力団・眞鍋組の金看板を背負う極道になっていた。植物状態になっていた実父の眞鍋組初代組長の跡を継いだのだ。若い清和はさんざん侮《あなど》られたが、株式市場で莫大《ばくだい》な利益を叩《たた》きだし、逼迫《ひっぱく》していた眞鍋組の台所を潤わせた。清和自身の力に加えて、有能な舎弟たちに恵まれた幸運が大きいが、日本有数の名取《なとり》グループの会長である名取満知子《まちこ》の援助なくして成功はありえなかったという。

「ああ」

俺も先生がいれば幸せだ、と清和は目で雄弁に愛を告げる。なんとなくだが、氷川は清和の心の中が読めるのだ。

「僕は豪華なマンションも高い車も別荘もクルーザーもいらないから」

氷川は十歳年上の男でありながら、清和の姐《あね》として迎えられた。前代未聞の珍事なんてものではない。それでも、清和に忠誠を誓う眞鍋組の構成員たちは、氷川に最大の礼儀を尽くした。

氷川にしても清和に命をかけて尽くしてくれる構成員たちが可愛《かわい》くてたまらない。清和と再会してから大事な人間が増えた。

「ああ」

「全部、京子《きょうこ》さんに渡せばよかったね」

氷川が現れるまで清和の姐候補と目されていたのは、眞鍋組初代組長姐の親戚筋《しんせきすじ》に当たる京子だ。しかし、清和は氷川を抱いた後、華やかな京子をあっさり捨てた。清和は手切れ金に十億円渡したが、京子は納得していなかったという。それだけ清和を深く愛していたのかもしれない。京子の女としてのメンツとプライドがひどく傷ついた、ゆえに鬼に取《と》り憑《つ》かれてしまったのだ、と初代姐である佐和《さわ》は言っていた。

この世はだいたい金で処理できる。男を売る極道界と言われていたが、金で力が計られるようになって久しい。だが、金でカタがつかない問題も存在する。この世で最もやっかいな問題だ。

「全部、渡しても結果は同じだ」

清和がすべての資産を渡していても、京子の復讐《ふくしゅう》は止められなかったはずだ。そう断言した清和の全身から怒気が漲《みなぎ》る。

京子が因縁のある加藤正士《かとうまさし》と夫婦になり、佐和を利用して清和を二代目組長の座から引《ひ》き摺《ず》り下《お》ろすなど、誰も予想だにしていなかった。辣腕《らつわん》を振るってきたリキも参謀の祐も諜報部隊《ちょうほうぶたい》を率いるサメも、京子の計画にまったく気づかなかったそうだ。油断した、と誰もが反省したが、悠長に策を練っていられない事態に陥《おちい》っていた。京子たちにはリキを庇《かば》って亡《な》くなった初代・松本力也《まつもとりきや》の妻子である杏奈《あんな》と裕也《ゆうや》を人質に取られていたのだ。鬼畜にも劣る言語道断の所業である。

「いくらなんでもすべて渡していればこんなひどいことはしなかったかも」

今さら言っても仕方がないのだが、なんの罪もない人質を思えば、無意識のうちに口から出てしまう。

清和の義父母である橘高夫妻も監禁されているようだ。氷川にとっても清和の義父母はかけがえのない存在である。

「京子はそんな可愛い女じゃない」

清和の京子に対する言葉は決まっているが、氷川にしてみれば釈然としない。

「一度は京子さんを気に入って、手を出したのは誰なの？」

清和の初恋は十歳年上の氷川だ。初めての性行為の相手は氷川によく似た面差しの女性を選んだという。どこか寂しそうな雰囲気を持つ氷川と、真紅の薔薇《ばら》を体現したような華やかな京子とはまるで違う。

「俺も男だから」

清和はまったく悪びれていないが、氷川の静かな怒りに火がついた。

「それは前も聞いた。前も聞いたけど、そういう京子さんを好きになって手を出したんでしょう」

清和が一度なりとも京子に魅了された過去は紛れもない事実だ。ふたりはお似合いで、文句のつけようがなかったらしい。

「…………」

清和は最愛の姐さん女房からスマートな策士に視線を流した。なんとかしろ、と祐に目で命令している。

「べつに妬《や》いているわけじゃないから」

氷川が目を据わらせて言うと、口下手な主《あるじ》を見かねた祐がやんわりと口を挟んだ。

「当時、俺はまだ盃《さかずき》をもらっていませんでしたが、眞鍋の昇り龍の噂《うわさ》はよく聞いていました。我らが清和坊ちゃまは藤堂《とうどう》にやられっぱなしだったんですよ。ほかの組のオヤジたちにも若いとさんざん馬鹿《ばか》にされていました。清和坊ちゃまがハクをつけるためには、京子はちょうどいい女だったんです」

彗星《すいせい》の如く出現し、不夜城を手中に収めた清和を、若いと侮る輩は星の数より多い。中でも、汚い手口を駆使する藤堂組初代組長の藤堂和真《かずま》に、清和は何度も煮え湯を呑《の》まされた。華やかな美貌の京子を愛人にすることは、当時の清和にとって必要だったのだ。京子と清和の噂は電光石火の速さで不夜城に流れた。

『クラブ・ドームの京子って言えば、六郷会《ろくごうかい》の舎弟頭や東月会《とうげつかい》の幹部が惚《ほ》れ込《こ》んでいた女だろ？　竜仁会《りゅうじんかい》の幹部も一目惚《ひとめぼ》れしたって宣言していたぞ。眞鍋の橘高清和の女になったって本当か？』

名のある極道たちがこぞって京子を見初《みそ》め、眞鍋組資本の高級クラブ・ドームに通っていた。ママは日本を代表する女優似の美女であり、京子がナンバーワンの数字を叩きだしていたホステスだ。

『本当らしいぜ。尾崎《おさき》組の幹部が一億積んでも靡《なび》かなかった女が眞鍋の組長代行の女になった』

一度のチップが一千万、ベイエリアのタワーマンションや高級住宅街に建つ瀟洒《しょうしゃ》な洋館、果ては海外のリゾート地に建つプール付きの大邸宅を差しだされても、京子は誰にも靡かなかったという。いったいどこの男が手に入れるのか、不夜城では賭《か》けも行われていたそうだ。

『眞鍋の組長代行、自分のところの商品に手を出したんじゃないか。汚いな』

『いや、あの京子なら惚れなきゃ言うことは聞かない。眞鍋の昇り龍、あの京子に惚れさせるとはやるな』

『そういや、京子はミニスカートを穿《は》かなくなったな。眞鍋の組長代行を意識して着物なのか？』

時に連れている女で、男としての勝ち負けが決まることがある。京子はどんな極道が侍《はべ》らせている女性より綺麗《きれい》だった。あの京子に惚れさせた男、として清和の価値が上がったことは間違いない。

「……京子さんは本気で清和くんを愛していたんだよ。気が強くてワガママだって言うけど、清和くんには本当に尽くしていたって……佐和姐さんから聞いた」

清和と関係を持ってから、京子はファッションを変えて料理も覚えた。初代組長の看病疲れで心身ともに疲弊している佐和をいつも労《いたわ》った。鎌倉《かまくら》へ旅行に連れていったこともあるらしい。

「清和坊ちゃまがただのチンピラだったら、京子は手も握らせなかったでしょう。京子はそういう女ですよ」

みんながそういうわけではないが、押しなべて女癖の悪い医師が多い。なんのことはない、医者というだけで女性が寄ってくるのだ。それゆえ、氷川にしてもしたたかな女性の本性を知らないわけではない。

「京子さんは清和くん自身じゃなくて眞鍋組のトップの清和くんが好きだったの？」

京子は眞鍋組の金看板を背負った男に惚れたから、清和を二代目組長の座から引き摺り下ろしたのだろうか。そのために、入念な計画を立てて、慎重にことを進めたのだろうか。清和と決別した名取会長の跡取り息子である秋信《あきのぶ》社長まで丸め込んだ京子の手腕には脱帽する。言い換えれば、京子のバックに名取グループがなければ、ここまで清和が苦戦することはなかっただろう。

「眞鍋の金と権力を手にした清和坊ちゃまが好きだったのでしょう。十億の手切れ金はなんの役にも立ちませんでした。手切れ金を一銭も渡さなくても、藤堂組との戦争にでも敗れて、清和坊ちゃまが落ちぶれていたら京子の復讐はなかったでしょう」

清和と一緒に暮らしだしてから、氷川は凄絶《せいぜつ》な修羅場《しゅらば》を経験してきた。加藤の亡き父親が関係していたチャイニーズ・マフィアを巻き込んだ抗争、清和の宿敵ともいうべき藤堂組との抗争、清和の訃報《ふほう》が流れて氷川が組長代行に立った抗争、秋信社長の所業に耐えかねて名取グループと決別した闘い、それぞれ熾烈《しれつ》を極めたが、今回ほど惨《むご》くなかったと思ってしまう。

「清和くんが僕のヒモになっていたら、京子さんも恨まなかったんだね。清和くんは僕のヒモになればよかったのに……」

清和が無一文の男になっていたら、京子は満足したのかもしれない。氷川が思案顔で息を吐くと、祐は馬鹿らしそうに大きく手を振った。

「姐さん、それ以上、斜め上にかっ飛ばないでください」

清楚《せいそ》な美貌を裏切る氷川の思考回路と行動力は、祐のみならず清和やサメにとっても脅威だ。

「うん、今さらこんなことを言ってもしょうがないとわかっているんだけど……佐和姐さんから京子さんに対する気持ちとか聞いたから……もう、どうしてこんなひどいことをしたのか……」

佐和にとって京子は従妹《いとこ》の娘だが、実際には母と子のような関係だ。佐和と京子の母親も本当の姉妹のように仲がよかったという。

遠い昔のように思えるが先週の金曜日、清和の実父である初代組長が眞鍋組本家でとうとう逝った。佐和は初代組長の死を公表するつもりだったそうだ。けれど、京子は呼び寄せていた加藤と安部《あべ》を背後に従え、泣きながら清和の二代目組長廃嫡《はいちゃく》をせがんだという。

『京子、聞かなかったことにする』

突拍子もない京子の懇願に驚愕《きょうがく》したが、佐和は冷静に流そうとした。しかし、京子は嗚咽《おえつ》を漏らしつつ縋《すが》った。

『何度でもお願いするわ。初代組長の死亡を公表しないで。初代組長の意識が戻ったことにして。二代目組長の橘高清和を廃嫡して、加藤正士を三代目組長に就任させて。加藤は私の夫になったの』

『オヤジの葬式の話をしておくれ』

『組長は死んでいないわ。意識を取り戻して三代目組長に加藤を指名したの。加藤の襲名披露の話をさせて』

『京子、いったいどうしたんだい？　何があった？』

いつもの京子ではない、と佐和はうっすら気づいてはいたらしい。一瞬、誰かに脅されているのかと思ったそうだ。

『橘高顧問は賛成してくれたわ。ここにいる安部さんも賛成してくれたの。二代目の眞鍋組組長はお金を稼ぐだけのサラリーマンよ。実質、眞鍋組の看板を守っているのは橘高顧問よ。その橘高顧問が加藤を支持してくれたのよ』

清和に命を捧《ささ》げている橘高や安部の賛同も取りつけたと、京子は涙声で言い張った。それなのに、肝心の橘高は姿を見せないし、安部の悲痛な表情から察するに本当には望んでいないことが明白だ。

京子は安部に視線で合図をし、昔気質《むかしかたぎ》の極道の重い口を開かせた。

『佐和姐さん、お願いしやす』

安部に頭を下げられたら、佐和は苦渋の選択をするしかない。先日、藤堂が真実を告げるまで、京子が裏で何をしているのか、まったく知らなかったという。佐和は後悔を募らせ、決死の覚悟で京子を諭そうとしたらしい。

「リキさんも清和坊ちゃまも今さらなことを悔やんでいます。京子さんが姐さんに落とし前を迫った時点で始末しておけばよかった、とね。当然、俺も虎《とら》と昇り龍の不手際《ふてぎわ》を詰《なじ》っています」

氷川が清和と一緒に暮らしだして間もない頃、眞鍋第三ビルに和服姿の京子が乗り込んできた。十億円の手切れ金か、指を二本詰めるか、氷川に落とし前をつけるように迫ったのだ。氷川が呆然《ぼうぜん》としていると、紳士然とした藤堂が金貸しとして現れた。

「……祐くん」

艶然《えんぜん》と微笑《ほほえ》む祐の怒りの大きさに触れ、氷川は綺麗な目を曇らせた。極道の世界で男が女に落とし前を迫ることはない。

「カタギの姐さんを苦しめて申し訳ありません」

京子は復讐の鬼と化しているのか、改心させることが佐和にはできなかった。頑《かたく》なな京子に困り果て、佐和は氷川が清和から捨てられるシナリオを書き上げた。要は京子の女としてのメンツとプライドを取り戻せばいいのだ、と。

本当に清和と別れなくてもいい、ほんの少しの間、清和と離れるだけでいいのだ。清和と復縁したら、京子から鬼が消えるだろう。そうなったら、即座に佐和が京子から人質の監禁場所を聞きだす。

氷川は佐和が提示したシナリオを呑《の》んだものの、辛《つら》くてたまらなかった。だが、氷川は杏奈や裕也の救出のために耐えた。

なのに、肝心の清和は最良と思われた佐和のシナリオを承諾しておらず、京子に詫《わ》びの一言さえ入れなかったのだ。もっとも、京子の要求は氷川の斬《き》り落《お》とした腕だったから、どちらにしても叶《かな》えることはできなかったが。

「祐くん、清和くんも謝る必要はない。うん、もう、そんな暇があったら一刻も早く杏奈さんと裕也くんを助けて」

辛くてたまらないが、監禁されている杏奈や裕也の苦しみに比べたらマシだ。ここで弱音を吐くわけにはいかない。

「お伝えした通り、やっと京子が監禁場所を明かしました。今、ショウと京介《きょうすけ》が向かっています」

つい先ほど、清和とニコライが殺気を漲《みなぎ》らせている時、佐和から直《じか》に祐の携帯電話に連絡が入ったそうだ。

『京子、腕なら私の腕をやるっ。一本でも二本でも斬り落としなさい。その代わり、捨てられた姐の腕を欲しがるなっ』

実母は半狂乱になり、顔を背ける京子に自分の腕を突きだした。

『お母さん、やめてよ』

『なんの罪もない女子供をどこに閉じ込めたの？　正直に教えなさい。教えないなら、私を殺しなさい……私が目の前で死なないとわかってくれないの？』

『……信州《しんしゅう》よ』

京子は信州に親戚はいないし、友人も知人もいない。なんの縁もない土地に、実母はいきり立った。

『信州？　信州って言っても広いでしょう？　信州のどこなの？　第一、信州なんてなんの縁もないでしょう？　ここで嘘《うそ》をついたらあんたを殺して私も死ぬ。あんたをこの世に残しておけない。京子、一緒に死のうっ』

実母は本気で京子とともに心中する覚悟があったという。いざとなれば佐和が後始末をつける算段だ。

『ちょっと落ち着いてよ』

実母の本心に気づかないほど京子は鈍くはない。

『私でも加藤正士は知っているけど、札付きのワルじゃないか。私はあんな男との結婚を許さないよ。加藤があんたをおかしくさせたのかい？　違うね？　あんたがおかしくなったのは清和さんに捨てられてからだね？』

『お母さん、やめてちょうだい』

ほかの組織に奪われていく眞鍋組のシマを危惧《きぐ》したのか、あまりの加藤の愚かさに幕引きを考えているのか、京子はようやく佐和に人質の監禁場所を明かしたそうだ。氷川の腕の代わりに斬り落としてやる、と佐和と実母に腕を差しだされたら、さすがの京子も折れるしかなかったのだろう。

「まだショウくんから報告はないの？」

韋駄天《いだてん》の代名詞を持つショウならば、そろそろ目的地に到着しているかもしれない。

「姐さん、我が日本の国土は広くありませんが、一時間や二時間で回れるほど狭くもありません。最速のショウをもってしても監禁場所にはまだ着いていないでしょう」

「監禁場所はどこだったの？」

いったいどこに人質が監禁されているのか、サメ率いる諜報部隊も一流の情報屋も摑《つか》めなかった情報だ。氷川が真顔で尋ねると、祐はサラリと答えた。

「長野県です」

突如として飛びだした県名に、氷川は瞬《まばた》きを繰り返した。初耳だったのか、清和の鋭い双眸《そうぼう》にも強い光が浮かぶ。

「長野？　信州？　嘘じゃないんだね？　……僕は善光寺《ぜんこうじ》に行ったことがある」

指導教授の講演会が長野であった時、善光寺に参拝した記憶がある。悠久の時を超え、人々の信仰を集める場所だと実感した。十数年前には冬季オリンピックが開催され、現地で試合を観戦した看護師は今でも最高の思い出だと公言して憚《はばか》らない。

「はい、俺も善光寺に行きました。監禁場所は長野の僻地《へきち》……山の中腹に建つ秋信社長の別荘です」

ショウは清和の忠実な舎弟だが、人質を取られたため加藤に膝《ひざ》を屈した。そのショウがヒットマンとなり、箱根《はこね》山中で清和やリキの命を狙《ねら》った。ショウはナイフを振り回しながら、リキにメッセージを伝えたのだ。杏奈、裕也、秋信、ハウス、ニンニク、ギョーザ、と。ショウの決死のメッセージで止まっていた歯車が動きだし、早急に秋信社長が所有している別荘を当たった。

けれど、それらしい痕跡《こんせき》があった那須《なす》の別荘は無人だったという。今回、那須の別荘はなんの関係もなかったのだろうか。

ふと、諜報部隊率いるサメの決めのポーズが氷川の前を過《よぎ》った。

「……信州……戸隠《とがくし》って……長野県にあるんだよね？　サメくんはよく戸隠忍者だとか戸隠のソバを食べたとか言っているのに、今まで気づかなかったの？」

「姐さん、いいところに気づきましたね？　つい最近……というか、ちょうどうちが名取会長と縁を切った頃、名取会長から秋信社長に譲られていた別荘のようなんです。完全なうちの見落としです」

清和蕎進《ばくしん》の最大の要因はサメ率いる諜報部隊の活躍だが、エビとシャチという有能なメンバーをそれぞれの理由で失い、その能力は落ちたままだ。特にシャチが抜けた穴が大きく、なかなか立て直せないという。

「長野の山だったら寒いだろうに……ちゃんと暖かくしてもらっているのかな？　長野の山だったら今頃雪が積もっているよね」

冬のシーズンになると信州にスキーに行く同僚医師がいた。何度か誘われたが、氷川は多忙を理由に断っている。そもそもスキーはできないし、骨折の危険が高いスポーツは避けたい。

「切り札を殺す馬鹿はそうそういません」

人質さえいなければ、清和は加藤と京子にヒットマンを送り込んでいた。事実、現在もヒットマンは張り込ませているという。

「杏奈さんや裕也くんを見張っているのは加藤さんの馬鹿な舎弟なんでしょう？　加藤さんの舎弟が馬鹿ばかりだから心配なんだ。馬鹿は何をするかわからないんだよ」

野獣のような男たちの前に杏奈のような美女がいたらどうなるか、氷川は考えるだけで背筋が凍った。裕也は実父に似て腕白坊主らしいので、加藤の舎弟たちの前でおとなしくしているかどうかわからない。

氷川が恐怖で声を震わせると、祐は神妙な面持ちで頷《うなず》いた。

「俺も心配です」

「もう、長野の警察に連絡して」

一刻の猶予もない今、国家権力を使わない手はない。監禁場所に向かっている間、杏奈と裕也に何かあったら最後だ。

「姐さん、それだけはしないでください」

祐は姿勢を正すと、深々と腰を折った。

「僕も杏奈さんも裕也くんも一般人でしょう」

祐の懸念は説明されなくても理解できるが、杏奈も裕也も一般社会で暮らしている善良な母子だ。警察も杏奈や裕也にあれこれ言わないだろう。極道の世界では邪道だろうが、京子や加藤は警察に逮捕されてしかるべきだ。

「姐さん、清和坊ちゃまのお嫁さんなんですから警察を信じないでください。もし、長野県警にも京子の息がかかっていたらどうするんですか？　いえ、京子ではなく名取グループの息です」

祐が名取グループの名を口にした時、清和の鋭利な双眸に影が走った。

「……名取グループ……秋信社長の舅《しゅうと》の政治家が長野の警察に手を回しているかもしれないってこと？」

秋信社長は大物政治家の令嬢と政略結婚し、その力はどうしたって侮れない。舅と名取グループが力を合わせれば、国家権力も抑え込めるだろう。何事にも表と裏があるように、国家に巣くう闇《やみ》は根深い。

「たぶん、切り札の監禁場所には細心の注意を払っているはずです。言い換えれば、権力内の場所に監禁したのでしょう」

祐が優秀な参謀の顔で断言すれば、氷川は納得するしかなかった。反論のしようがないのだ。

「税金を払うのがいやになるな」

「俺も同意見です。せいいっぱい、節税しましょう」

「……うん、長野には清和くんと仲のいい暴力団はなかったよね？　借りを作るのはいやだけど、時間がないから……」

話題が逸《そ》れかけたが、氷川は監禁場所に話を戻した。組長代行として立った時、眞鍋組のある程度のデータは見聞きしたが、まだまだ秘められていることは多い。清和が他人名義で不動産を所有していることも初めて知った。

「姐さん、逸《はや》る気持ちはわかります。俺も清和坊ちゃまもいてもたってもいられないんですよ。でも、信じて待つだけです」

「ショウくんと京介くん、サメくんを信じて待つだけ……待つだけ……京子さんはどこで何をしているの？　清和くんはここにいていいの？」

佐和のシナリオでは京子と清和はすでに復縁し、無能の限りを尽くしている加藤は処分されていたはずだ。氷川もてっきり京子と清和は元の鞘《さや》に収まっているとばかり思い、未《いま》だかつてない苦悩に苛《さいな》まれていた。

表向き、氷川は清和に捨てられ、祐に払い下げられたことになっている。氷川は祐のマンションから勤務先に電車で通っているのだ。

「京子は佐和姐さんと母親に説教を食らい続けていると思います。二度とおかしなことをしないように、母親が京子を見張るそうですよ」

京子の母親は泣きながら諭したという。『京子、あなたも女でしょう。いつかは子供を産んで母になる女でしょう。女が母親と幼い子供を監禁するなんて万死に値する。私はそんな娘に育てた覚えはない』と。

「加藤さんは何をしているの？」

眞鍋本家で京子が実母に説得されている最中ならば、三代目組長である加藤はどこで何をしているのだろう。清和や清和派の舎弟をつけ狙う兵隊があれば、眞鍋組のシマの維持に回すべきだと、素人《しろうと》の氷川でさえわかる。

「相変わらず、無能っぷりを披露しています。ものの見事に眞鍋組のシマが敵に切り取られています」

以前から国内の暴力団だけでなく海外のマフィアや一般人の組織も、大金が動く眞鍋組のシマを虎視眈々《こしたんたん》と狙っていた。眞鍋組が誇る竜虎《りゅうこ》のコンビの牙城《がじょう》が崩れ、チャンス到来とばかりに一気に襲いかかっているのだろう。清和が拡大した眞鍋組のシマは無残にも他者の手に渡った。

「安部さんは無事なの？」

武闘派の安部は眞鍋組の先頭に立ち、攻めてくる輩と闘っているはずだ。

「左腕に三発、右太ももに一発、食らったそうです」

祐は父とも慕う安部について言うと、こめかみを指で揉《も》んだ。

「安部さん、撃たれたの？」

どんな世界でもルールはあるが、安部が闘っている相手は堂々と発砲したり、青龍刀《せいりゅうとう》を振り回したり、一般人を平気で巻き込む。

「撃たれても、肋骨《ろっこつ》を骨折しても、眞鍋のシマを守っています」

安部の奮闘がなければ眞鍋組総本部はほかの組織に奪われていたかもしれない。安部は加藤に忠誠を誓っているように見えるが、心は清和に注がれているはずだ。それは確かめなくても痛いぐらいわかった。

「安部さん、絶対安静……するわけないか……」

氷川が真っ青な顔で身体を震わせると、祐は同意するように相槌《あいづち》を打った。

「姐さん、お気持ちはわかります。俺も一緒なんです。ですが、あえて、ここは吉報を待ちましょう」

確かに、祐が言う通り、朗報を待つしかない。何事もなかったかのように過ごすしかないのだ。

「僕はここにいる。明日は仕事に出る」

「そうしてください」

「京子さんがどう出るかわからないから清和くんを連れて帰ってほしい」

実母に諭されている最中だと聞くが、百戦錬磨のプロを手玉にとった京子の内心は読めない。憎悪の対象である氷川と清和が同じ場所にいると知れば、京子の薄れているという鬼が復活するかもしれない。とりあえず、面白くはないだろう。

「わかりました。まだ、姐さんは俺の恋人です」

祐は清和の刺々《とげとげ》しい視線を無視して、氷川に優しく微笑んだ。彼にしても京子を下手に刺激したくないのだ。

「うん、僕は清和くんに捨てられた身だから」

氷川が満面の笑みを浮かべると、清和が険しい顔つきで口を挟んだ。

「おい」

清和が注いでくれる真《ま》っ直《す》ぐな愛に酔いしれている場合ではない。氷川は意志の強い目できっぱりと言った。

「僕は京子さんが怖い。杏奈さんや裕也くんの無事を聞くまで怖くて仕方がない」

「……俺はテメエの女房を捨ててはいない」

切れ者と称賛され、苛烈《かれつ》さで有名な昇り龍は、意外なくらい不器用で一途《いちず》だ。嘘でも氷川を捨てたと言われたくないらしい。

「うん、わかっている。清和くんは僕を捨てたりはしない。でも、今回たとえ清和くんに捨てられても怒らなかった」

氷川はなんでもないことのように軽く言ったつもりだが、黒目がちの目には悲しみが沈んでいた。

「………………」

「清和くんは京子さんのところに行ったんじゃなくて、佐和姐さんのところに行ったんだ。親不孝の清和くんに親孝行させているつもりだった」

氷川は必死になって自分にそう言い聞かせたのだ。

「…………」

「清和くん、お義母《かあ》さんのところでいい子にしているんだよ」

いい子、とばかりに氷川は清和の頭を白い手で撫《な》でた。当たり前だが、氷川の膝ではしゃいでいた頃の清和とはまるで違う。

「やめろ」

強がるな、と清和は氷川に言いたいようだ。

「明日、杏奈さんと裕也くんのいい話を聞かせてほしい。ショウくんと京介くんにも会いたい。ショウくんにニンニクがたくさん入ったギョーザを奢《おご》るって伝えて」

氷川はショウの大好物のニンニク入りのギョーザを食べきれないぐらい用意するつもりだ。

「……ああ」

その時を想像しているのか、清和の目が少し優しくなった。一刻も早く、ショウの前にニンニク入りのギョーザを並べ、みんなで無事を確かめ合いたい。

「今日は帰りなさい。それとも、ここを本部にして報告を待つの？　リビングの窓は割れているよ」

ロシアン・マフィアのイジオットの幹部でありながら、ニコライの行動は常軌を逸していた。国民性の違いと言ってしまえばそうかもしれないが、氷川が暮らしているマンションに窓から侵入するなど、祐や清和にしても予想できなかっただろう。いや、藤堂と手を組んでいると知った時から思うところはあったのかもしれないが。

現場を確かめたいのか、祐は靴を脱ぐとリビングルームに向かいながら言った。

「清和坊ちゃま、窓が割れたままなんて危なくてほっておけません。窓を入れ直す間に済ませておきなさい。イライラされるとこっちが困るんですよ」

スマートな策士が何を言っているのかわからないほど、氷川は鈍くない。

リビングルームに祐が消えた後、清和に真っ直ぐに見つめられ、氷川は剝《む》き出《だ》しのままの下半身を震わせた。なんというのだろう、今さらの話だが、自分の姿を完全に忘れていたのだ。すでにパジャマのズボンも下着も清和の手によって剝《は》ぎ取《と》られている。

「俺の女房は誰だ?」

何度も繰り返された質問が、清和の口から飛びだした。

今回、清和にはある種のトラウマを植えつけてしまったのかもしれない。氷川もショックだったが、無表情の清和の心には凄絶な葛藤《かっとう》が潜んでいるようだ。若いだけあって根深い。

「僕だよ」

氷川は宥《なだ》めるように清和の唇に触れるだけの優しいキスを落とす。腰に回っていた清和の手の温度が上がった。

「俺を信じろ」

「うん」

「俺を疑うな」

清和が玄関の右手にあるドアを開けると、モノトーンで揃《そろ》えられたゲスト用の部屋があった。そのまま、氷川の身体《からだ》をセミダブルベッドに運ぶ。

「清和くんを疑ったりしない」

氷川は白いシーツの波間に沈み、清和のがっしりした身体を受け止めた。愛しい男の重みが切なくも無性に嬉《うれ》しい。夢の中で会った清和ではなく、本物の清和なのだと、改めて身体で実感した。

「俺は女房を手放したりしない」

乱暴な手つきで身につけていたパジャマの上着が剝ぎ取られ、氷川の身体を覆うものは何もない。

「わかったから」

清和がベッドのそばにあるルームライトのスイッチをつけると、真っ暗な部屋の一箇所が明るくなり、氷川の真っ白な身体が浮かび上がる。

「本当にわかっているのか？」

「……眩《まぶ》しい」

氷川は文句を言ったが、清和は聞き入れてくれない。

ライトをつけたまま、ほかの男の匂《にお》いがしないか、なんらかの跡がないか、清和の目は調べるように氷川のなめらかな肌を観察している。唇でも感覚を確かめるようにあちこち辿《たど》った。

「灯《あか》りを消して」

「…………」

清和の双眸は雪のように冷たいが、唇は熱く、瞬《また》く間《ま》に氷川の真っ白な肌は紅く染まった。

「……清和くん？」

清和は所有の証《あかし》であるように氷川の肌にそれとわかる紅い跡をつけた。特に胸元から脇《わき》腹《ばら》にかけて花弁が散っている。

「俺のものだ」

清和の姐だという自覚がなければ、この場から去っているだろう。氷川は潤んだ目で清和を見つめた。

「わかっているからここにいる」

「佐和姐さんは京子に甘い。以後、京子に関しては耳を貸すな」

どうして極道の妻の鑑《かがみ》のような佐和が失態を犯したのか、京子の生い立ちを考慮すればわからないでもない。在りし日、佐和は家族や親戚の反対を振り切り、すべての縁を切って眞鍋組初代組長に嫁いだ。佐和は妹のような存在の京子の母にも連絡はいっさい入れなかったという。しかし、ある日、佐和を見かけた京子の母親は懐かしそうに声をかけてしまった。その場を眞鍋組の構成員が一部始終見ており、幸せな家庭を築いていた京子の母親を強引に手に入れたのだ。初代組長姐の関係者ならば手を出してもいいだろう、無理をしてでもものにする価値がある、と。

佐和が気づいた時にはすべてが手遅れだったそうだ。京子の母親は自身が築いていた温かな家庭を失っていた。

『私がもっと早く気づいていれば、京子は何不自由なく幸せな家庭で育っていた。京子の父親は優しくてよくできた男だったのに眞鍋の男が……悔やんでも悔やみきれん』

京子から幸せな家庭を奪ったきっかけは自分であると、佐和は今でも痛恨の後悔に苛まれている。もっとも、京子は一度も佐和を責めたことはないそうだ。それゆえ、より負い目を感じているのかもしれないが。

「清和くん、今、その注意はここで言うことじゃないよ」

佐和を詰る清和が悲しくて、氷川は婀娜《あだ》っぽく囁《ささや》いた。事実、裸身の氷川を組み敷きながら口にする言葉ではない。まして、時間は限られているのだから。

「……っ」

「すべてが無事に終わるまで駄目……ってさっきは言ったけどいいよ」

人質のことを思えばそんな場合ではないが、祐の言葉にも一理ある。氷川は白い腕を清和の首に絡ませた。

「途中で文句を言うな」

甘く誘っておきながら、行為の最中に注文をつけるのは氷川だ。若い清和にもいろいろと鬱憤《うっぷん》はあるらしい。

「言わないよ」

あんまりいやらしいことをしなければ、と氷川は独り言のようにポツリと続けた。若い清和の欲望に恐怖を覚えないでもない。

「……おい」

「いやらしいことは少しだけ」

「………」

氷川の身体を見る清和の目がいつもより熱い。

「おいで」

祐が手配した業者がやってきたのか、ドアの向こうでは人の気配がする。防弾ガラスは間に合わない、と誰かに言われて、祐は反論したが敵《かな》わなかったようだ。誰かが工具を床に落としたのか、耳障《みみざわ》りな音がドアの向こうから聞こえてくる。

当然、清和に組み敷かれている氷川は気が気でならない。清和の唇を際どいところに感じ、氷川は上ずった声で文句を言った。

「清和くん、駄目」

氷川は潤みきった目で股間《こかん》に下りた清和の頭部を叩いた。だが、清和の手も唇も氷川の敏感な器官から離れない。

「……駄目、変な声が出るようなことは駄目だっ」

氷川は自分の声とは思いたくないような嬌声《きょうせい》を上げてしまう。慌てて自分の手で口を塞《ふさ》いだが、清和の耳には届いたようだ。

「声を聞かせろ」

「そ、そんなに触らないで」

「俺以外に触らせるな」

最も敏感な器官を巧みに弄《いじ》くられ、氷川の理性が飛びそうになった。肌に走る快感の強さに、頭の芯《しん》までぼうっとする。

「……僕には……僕には清和くんだけ……」

「俺のものだ」

ドア一枚隔てた人の気配に、氷川の羞恥心《しゅうちしん》が煽《あお》られたが、清和の情熱的な愛撫《あいぶ》に掻《か》き消《け》されてしまう。

「……清和くん」

夢の中の清和のようにつれなくはないが、氷川の身体を暴く手には容赦がない。氷川は自分の意思に反してくねりだす腰を止められなかった。腰から下が自分のものではないような気がする。

「わかっているな」

清和の視線や声や熱さ、すべてに激しく貫かれ、氷川はなんとも形容しがたい感覚に陥った。

「……うん」

「絶対に手放さない」

どこまでが清和の身体でどこからが氷川の身体なのか、脳天が痺《しび》れるような快感は夢か幻か、短い一時だが濃密な時間を過ごす。清和は満足したのか、闘う男の顔で祐を従えて出て行った。

夜が明けたならば待ちに待った朗報が聞けると信じてやまない。

2

翌朝、氷川《ひかわ》は目覚めた途端、枕《まくら》の隣に置いていた携帯電話をチェックした。あれほど待ち望んでいた報告はない。

「……長野の山の中だったら遠い……新幹線で二時間もかからないけど遠かったはず……遠いからまだ……きっと無事だから……もしかしたら、もう助けられているかもしれない……ゴタゴタして報告できないだけかもしれないし……」

氷川は大きな溜《た》め息《いき》をつくと、ベッドから下りて顔を洗った。リビングルームやキッチンに不審人物が侵入した形跡はない。リキが上手《うま》く抑え込んだのか、ニコライの来襲もなかったようだ。手早く身なりを整え、マンションを後にする。

目と鼻の先にある最寄り駅の構内はクリスマス色に染められ、カフェの前には等身大のサンタクロースが立っていた。ベーカリーにはクリスマスケーキ予約のポスターが何枚も貼《は》られている。

遠い日、小さな清和《せいわ》はサンタクロースやクリスマスケーキに目を輝かせたものだ。成長してからの清和と初めて迎えるクリスマスが迫っている。裕也《ゆうや》に特大のクリスマスケーキとプレゼントを贈り、みんなで楽しく過ごすつもりだ。そう、楽しいクリスマスが過ごせると信じている。信じ込むと言ったほうが正しいかもしれないが。

満員電車に乗り込み、氷川は中吊《なかづ》り広告に視線を流す。週刊誌のタイトルに暴力団の抗争事件はひとつもない。

氷川の視線の先に立ったままパンを食べる女性が飛び込んできた。マナーの悪さに驚いたが、満員電車の中で立ったままパンを食べている女性はひとりではなかった。よく見ればグラビアに出ているような美女が立ったまま袋入りのクッキーを何枚も食べ続け、ファッションモデルのような女性が手すりを背にヨーグルトをスプーンですくっていた。

そのうえ、女性たちは食べ終えると、今度は化粧をしだした。

一瞬、氷川は駅弁を楽しむ観光列車内かと錯覚してしまう。

どうして満員電車の中で立ったまま食事をしたり、化粧をしたりするんですか、と氷川は呆然《ぼうぜん》としたものの、周りは景色の一部か何かのように無視している。気難しそうな中年紳士やスマートな青年は視線さえ留めない。

電車内はいつの間にこんなことになっていたのか、前からそうだったのか、僕が気づかなかっただけなのか、と氷川は悩んだ。電車内でおにぎりやパンを食べる男は何人も見た記憶がある、ビールを飲む男もいた、確か見かけたのは男ばかりだった、と氷川は思わず過去を振り返ってしまった。清和の姐《あね》になった時から氷川には送迎係が付き、満員電車に乗ることはなくなったのだ。

いろいろなことが猛スピードで流れていっている。一瞬の隙《すき》を突かれて速攻で奪われた眞鍋《まなべ》組のシマを脳裏に浮かべた。

時代の波に乗れない男と時代の波に乗る男がいる。かつて眞鍋組も古い男と新しい時代を築こうとする清和の間で軋轢《あつれき》があった。年々、暴力団に対する締めつけはきつくなり、否応《いやおう》なしに変革を迫られていたのだ。古い極道タイプの代表が橘高《きったか》や安部《あべ》であり、三代目組長の加藤《かとう》の亡《な》き父親であった。

加藤さん、君がしていることを知ったら君のお父様は怒りますよ、と氷川は心の中で加藤に語りかけた。

加藤の父親は橘高に見込まれただけあって、それほど悪い極道ではなかったという。ただ、新しい眞鍋組を模索する清和についていけなかっただけだ。橘高や安部も清和を理解できないし、従うのも楽ではないだろう。それでも、組長が黒いカラスを白と言えばカラスは白、という極道の古い教えに従い、橘高や安部は無条件で清和に命を捧《ささ》げた。今でも橘高と安部の忠誠は清和に注がれているはずだ。

氷川が不器用な男に思いを馳《は》せていると、電車が勤務先の最寄り駅に到着した。電車から降りる人の波に氷川は続く。立ったままパンを食べて、化粧をした綺麗《きれい》な女性が、エスカレーターで氷川の前に割り込んだ。おまけに、勤務先に向かうバスに乗り込む。

もし、彼女が明和《めいわ》病院のスタッフだったら注意するべきなのだろうか、と氷川はバスの中で真剣に悩んだ。

もっとも、白い建物が見えた瞬間、氷川の結論は出た。今は満員電車の中で食事をしたり、化粧をしたりする時代なのかもしれない、女性スタッフを敵に回せば恐ろしいことになりかねない、眞鍋組の大惨事に比べたら電車内の食事や化粧など可愛《かわい》いものだ、と。

残念なことに、マナーの悪い女性は明和病院のスタッフ専用の出入り口に進む。氷川はそしらぬ顔でロッカールームに向かった。


キツネにつままれたような気分だが、明和病院は普段とまったく変わらない。いつもと同じように患者の大半は付近に広がる高級住宅街の優雅な住人であり、病院であっても自分の特権を行使しようとする。モンスター患者に感情を爆発させている場合ではない。

外来診察の最後の患者の処方箋《しょほうせん》を担当看護師に回した後、氷川は大きな息を吐いた。加藤派の構成員も、京子の息のかかった刺客も、名取グループ関係者も、今日の外来患者にはいなかったようだ。

氷川は診察室を後にすると、売店で弁当と飲み物を買い、医局で遅い昼食を摂《と》った。医局もなんら変わらず、妻子持ちの医師が不倫話に花を咲かせている。

「私はクリスマスプレゼントにデビアスのイエローダイヤモンドをねだられてしまったよ。どうして女はあんな石を欲しがるのかわからない」

「ああ、私もダイヤをせがまれました。ショーメのダイヤです」

「私はブルガリの指輪を指定されたが、日本でクリスマスは無用だと思わんか？」

「クリスマスの出費が痛いですな」

どの医師も不倫相手に高価なクリスマスプレゼントをねだられているらしいが、担当患者から贈られた商品券でまかなうようだ。

氷川はコーヒーを飲んでから病棟を回った。リストラされて将来を悲観している担当患者は何人もいるが、みんな経過は良好だ。このままなら予定通り、退院できるだろう。

病棟を回った後、ナースステーションに立ち寄ってから総合受付の奥にあるカルテ室に向かった。どの外来患者も総合受付を通ってから診療科に進むが、見舞い客も部屋番号を聞くために訪れたり、医師とのコンタクトを求める営業がやってきたり、明和病院の顔ともいうべき場所である。

午後の外来診察が終わり、総合受付の待合椅子《まちあいいす》に座る患者の姿はまばらだ。隣の薬局の前には薬を待つ患者が多かった。時節柄、風邪患者が押し寄せている。

カウンター式の総合受付にいる医事課の女性スタッフと会釈を交わした時、突然、甲高い悲鳴が響いてきた。

「きゃーっ、だ、誰か、殺されるーっ」

加藤派の構成員が乗り込んできたのか、馬鹿《ばか》な男たちは正面玄関から殴り込んできたのか、と氷川は真っ青になって総合受付の奥にある医事課に飛び込んだ。

「どうしました？」

いくつものデスクが並んだ医事課医事係には、主任である久保田《くぼだ》薫《かおる》の苦しむ姿があった。周りでは若い女性スタッフが悲鳴を上げ続けている。

「助けてっ、助けてーっ」

若い女性スタッフは苦しそうに喉《のど》を押さえる久保田を指している。どこにもヤクザの気配はない。

久保田がそそっかしい性格であることはよく知っており、前にカビが生えた缶コーヒーを飲んで苦しんだこともあった。今回はなんだ、と氷川は辺りを注意深く見回す。

デスクトップパソコンが置かれているデスクにファイルが山積みになっている。ちょうどお茶の時間だったのか、飲みかけの紅茶と新聞紙に包まれた焼き芋があった。一見、紅茶にも焼き芋にも異常はない。

「久保田主任、もしかして焼き芋を喉に詰まらせたのですか？」

氷川がズバリ指摘すると、久保田は大きな目から涙をポロポロ零《こぼ》した。どうやら、声を出したいが、苦しくてできないらしい。焼き芋を喉に詰まらせたものの、対処法がわからないようだ。

「久保田主任、水を飲みなさい」

氷川が医事課の奥にある小さな流し台を指すと、久保田はよろめきながら動いた。

「……う…………う……っ……」

久保田は滝のような涙を流しつつ、水道水を飲み続ける。本人は死相が出るぐらい苦しいようだが、傍目《はため》には滑稽《こっけい》な図に見えないでもない。何せ、一緒に焼き芋を食べていた女性スタッフはピンピンしている。

「焼き芋を喉に詰まらせた人を初めて見ました」

氷川が呆然とした面持ちで呟《つぶや》くと、女性スタッフは真剣な顔で言った。

「私、焼き芋に毒が混入されていたのかと思いました」

聞き捨てならないセリフに、氷川のガラス球のように綺麗な目が曇った。

「毒物？　どうして？」

「仕事ばっかりで忙しいから」

一瞬、女性スタッフのセリフの意図がわからず、氷川はきょとんとして聞き返した。

「……は？」

「久保田主任が毒殺されたら病院がお休みになるかもしれないと思って……」

総合受付は明和病院の顔ならぬ『なんでも屋』状態と化しているらしく、女性スタッフ

も疲労のあまりどこかのネジが緩んでいるような気がしないでもない。主任である久保田は常に労働基準法完全無視で働いており、いつ過労死しても不思議ではなかった。ただ、過労死の危険があるのは久保田に限った話ではない。

「……君」

「久保田主任、毒殺じゃないなんてがっかりです」

女性スタッフは医事課全員の気持ちを代弁しているのかもしれないが、氷川は堂々と賛同するわけにはいかない。

水を飲み続けてようやく喉に詰まっていた焼き芋が流れたのか、久保田は真っ赤な目でか細い声を漏らした。

「……し、し、し、死ぬかと思った」

地獄から生還した久保田には、未《いま》だに幽鬼が漂っている。氷川は医師として穏やかに注意を促した。

「お餅《もち》を喉に詰まらせて亡くなるご老人が多い。気をつけましょう」

正月の恒例となっているが、老人が喉に餅を詰まらせて救急車で搬送されている。凶器のライスケーキ、として海外のメディアで取り上げられた。

「こ、こ、こ、こ、こんなに苦しみながら死ぬのはいや……いやです……一気にきゅっと死にたい……一発でズドンと死ぬ……」

一発でズドン、と言われると、氷川はヤクザの銃撃戦が瞼《まぶた》に浮かぶ。清和やリキが拳銃《けんじゅう》を握る姿を何度も見た。

「なんてことを言うのですか」

「……お、俺、大ゲンカしていたお爺《じい》ちゃん患者に……『せっかく戦争に生き残ったんだから……死ぬなら餅を喉に詰まらせて死にましょう……そ、そんなに興奮したら血管が切れる』って言って……ケンカを止めたことが……ある……」

年老いた患者同士がほんの些細《ささい》なことがきっかけで大ゲンカに発展するケースは珍しくない。当然、止めるのは病院のスタッフだ。

「君はそんなケンカの止め方をしたのですか」

氷川が困惑で上体を揺らすと、久保田は喉の音を鳴らした。

「……の、の、喉に詰まらせて死ぬのは大変だ……死ぬ時にこんな辛《つら》い思いをするのは……お爺ちゃん患者に言い直さないと……」

「そうですね？　大好物のおやつを食べた後、日向ぼっこをしている時、お昼寝をしたまま逝きましょう、と」

人の命を預かる医者という職業柄、人生の幕引きについて考えないではない。氷川は今まで病魔にのた打ち回りながら逝く患者を数え切れないぐらい見送ってきた。大好物を美味《おい》しく食べた後に、眠るようにして息を引き取ることが、一番楽で幸せな最期《さいご》だろう。

「……は、は、はい、それが一番いい……おやつを食ってからお昼寝をしたままあの世に逝く……ああ、もう二度と焼き芋は食べない」

「久保田主任、問題は焼き芋ではありません。君の性格です」

氷川がぴしゃりと断言すると、久保田は童顔を涙で濡《ぬ》らした。

「……氷川先生」

「この世には焼き芋のほかにもいろいろな食べ物がありますから」

呆《あき》れるぐらい普段と変わらない病院内にいると、清和の窮地も眞鍋組の大騒動も夢か幻のようだ。外来棟の自動販売機の前で女癖の悪い医者が女性患者と談笑することも、喫煙スペースで生命保険会社のセールスレディがあたり構わず営業をかけることも、新興宗教の関係者が顔色の悪い患者に声をかけることも、怪しいボランティア団体が虚《うつ》ろな目の患者を引《ひ》き摺《ず》っていることも、明和病院内では見慣れた光景だ。

氷川が医局に戻ろうとした時、背中を軽快に叩《たた》かれて振り向くと、小田原《おだわら》の菅原千晶《すがわらちあき》が立っていた。アイドルタレントのように可憐《かれん》な容姿の千晶がいると、殺風景な白い景色が可愛《かわい》らしいものに変わって見える。

「千晶くん？　どうしてこんなところに？」

小田原城で千晶に父親と間違えられたことが彼らと知り合ったきっかけだが、今では氷川にとって大切な存在になっている。清和は行方不明になっていた父親の千鳥《ちどり》を探しだし、資金を提供して小田原に土産物屋《みやげものや》の『千晶屋《ちあきや》』を開店させている。想定外だった今回の窮地に手を貸してくれた父子であった。

「祐《たすく》兄ちゃんのお使いで来たんだ。お兄さん、お医者さんごっこをしているんだね」

千晶は甘えるように絡みついてきたが、氷川は驚愕《きょうがく》で瞬《まばた》きを繰り返した。

「祐くん？　祐くんが千晶くんにお使いを？　……っと、聞き捨てなりません。僕はお医者さんごっこなんてしていません」

ジーンズ姿でも美少女にしか見えない千晶の頭の中には、常人には理解しがたい花畑が広がっている。出会ってから何度も度肝を抜かれてきたが、スマートな策士が千晶に頼み事をするなど考えられない。

「本当のお医者さんごっこをしているんだね？」

千晶の目に星がキラキラ飛んでいるが、氷川は決して圧倒されてはいけない。規格外の千晶について深く考えてもいけない。

「だから、お医者さんごっこから離れようね」

「俺もお医者さんがいいな。綺麗なお兄さんは患者さん役がいい。お兄さんが一番綺麗だよ」

「千晶くん、話を元に戻そう。祐くんからなんて言われて来たの？」

氷川が宥《なだ》めるように千晶の華奢《きゃしゃ》な肩を優しく叩いた。

「綺麗なお兄さんを連れてこい、って」

「僕を千晶くんが連れていく？　小田原に？」

千晶が祐の指示を聞き間違えたのではないか、氷川は一字一句嚙《か》み締《し》めるように口にした。姐として清和の隣に座るようになって以来、氷川の送迎係はプロレーサー並みの運転技術を誇るショウだ。なぜ、祐が千晶に白羽の矢を立てたのか、清和が心の底から信頼しているほかの男である。なぜ、祐が千晶に白羽の矢を立てたのか、氷川には皆目見当がつかない。そもそも、今現在、氷川は電車通勤だ。

「うん、うちでおでんを食べようね。半額になった刺身を食べるのもいいかも。えぼだいが安くて美味しいよ」

千晶は屈託ない笑顔を浮かべて氷川の腕を振り回す。

「どうして千晶くんが僕を迎えに来たの？」

何があったのか、無事に人質を保護できたのか、それで呼ばれたのか、よりによってどうして千晶なのか、騙《だま》す頭のない千晶を選んだのか、敵へのカモフラージュか、氷川は千晶の愛らしい顔を食い入るように眺めた。

「……ん？　祐兄ちゃんに言われたの。清和兄ちゃんも虎《とら》みたいに怖いお兄ちゃんもすっごく忙しいんだって。ショウ兄ちゃんは怪我《けが》したんだって。それで猫の手も借りたいほど忙しいんだって。俺が猫の手だって。肉球はないけど俺は猫の手になったんだ」

昨夜、ショウは京介《きょうすけ》やサメとともに長野の監禁場所に乗り込んでいる。怖いもの知らずの特攻隊長は負傷してしまったのか。

「ショウくんが怪我？　杏奈さんと裕也くんは保護したの？」

氷川は俄然《がぜん》勢い込んだが、千晶はきょとんとした。

「杏奈《あんな》？　裕也《ゆうや》？　誰？　杏奈ちゃんていうソープ嬢はいたかな？」

察するに、千晶は何も知らされておらず、単なるお使いだ。もっとも、単なるお使いにしてはとても危なっかしい。けれども、千晶に限って氷川を騙したりはしない。正確に言えば、そんな脳ミソがない。

「……そうだね、そろそろ帰るか」

氷川は千晶に待ち合わせ場所を告げると、ロッカールームに足早に向かった。何かあったことは間違いない。

ロッカールームで白衣を脱ぎ、携帯電話を確かめる。果たせるかな、祐からメールが届いていた。千晶と一緒に横浜《よこはま》に来い、という内容だ。

「小田原じゃないのか……わざと千晶くんには行き先を言わなかったのかな？」

氷川はロッカールームを後にすると、スタッフ専用出入り口に向かった。製薬会社の営業マンに話しかけられたが、氷川は曖昧《あいまい》な笑みで通り過ぎる。正面玄関前のロータリーでは指示した通り、千晶がちんまりと佇《たたず》んでいた。

氷川は千晶を連れてロータリーで客待ちをしていたタクシーに乗り込む。最寄り駅を告げると、白髪頭《しらがあたま》のタクシーの運転手はアクセルを踏んだ。あっという間に車窓から夕闇《ゆうやみ》に包まれた明和病院が見えなくなる。

前方にも後方にも氷川と千晶を乗せたタクシーを追う不審車はない。

「千晶くん、そろそろ期末テストじゃないの？」

眞鍋組関係で尋ねたいことは山々だが、運転手の手前、氷川は当《あ》たり障《さわ》りのない話題を千晶にふった。学力不足で退学が危ぶまれている千晶にとって、期末テストは何より大切な問題でもある。

「クリスマスケーキを食べてからだよ」

ジングルベル、と千晶は後部座席でクリスマスソングを口ずさんだが、氷川は騙されたりはしない。

「それは絶対に違う。クリスマスの後は冬休みでしょう？」

すでに高校時代は十年以上も前の話になるが、テストの時期はまだ覚えている。当時は寝る間も惜しんで机に向かったものだ。ショウは暴走族の先頭で大型バイクを乗り回していたそうだが、清和やリキは進学校に通う真面目《まじめ》な優等生だったという。品行方正な秀才が極道の世界に飛び込むなど、人生の皮肉や宿命を実感せずにはいられない。

「正月のお雑煮《ぞうに》を食べてから」

「正月も冬休みの最中だ。テストはちゃんと受けなさい」

「だるいもん」

千晶らしい返答だが、氷川は許したりはしない。

「だるくてもテストをサボってはいけません。千晶くんはまだ高校生、勉強しなければなりません」

「卓《すぐる》兄ちゃんと同じことを言う」

清和が気に入っている卓も、千晶を心配してあれこれ注意している。卓自身、箱根の旧家出身でありながら、世間知らずの叔父のせいですべてを失ったせいか、思うところがいろいろとあるのかもしれない。

「当然です。卓くんは小田原にいるの？」

清和の舎弟である卓と信司《しんじ》は、千晶の父親が切り盛りする小田原の千晶屋に落ち着いていた。氷川や清和といった主要人物がいないからか、千晶屋に加藤派の構成員が殴り込んでくる気配はないらしい。

「今朝、起きたら卓兄ちゃんと信司兄ちゃんはいなかった。虎兄ちゃんのところに行ったってオヤジが言った」

もしかしたら、杏奈と裕也奪還の奇襲作戦で呼ばれたのかもしれない。素人《しろうと》の千晶が迎えに来たのだから、危機は去ったのだろうか、人質を保護したのか、平和を取り戻したのか、と氷川の胸が高鳴った。

「そうか」

知《し》らず識《し》らずのうちに目が潤んでいたのか、千晶が仰天した様子で覗《のぞ》き込《こ》んできた。

「お兄さん、どうしたの？」

「うん？　千晶くんが来たからびっくりしたんだ」

氷川は目尻《めじり》に浮かんだ涙を白い指で拭《ぬぐ》いながら、努めて明るく言い放った。すると、何を思ったのか不明だが、千晶は唐突に勢い込んだ。

「俺、お兄さんのところで働く」

世知辛《せちがら》い世の中では珍しく、千晶は呆れるぐらい純粋で優しくて朗らかだ。病魔に耐えている老人の心を癒《い》やせるかもしれないが、千晶にはあまりにも問題がありすぎる。

「僕のところで働くならば一生懸命勉強しましょう。まず目の前の大問題、期末テストで赤点脱出」

千晶の頭の中身を知れば知るほど恐怖に駆られた。命知らずの鉄砲玉とはまた異質の恐ろしさだ。

「無理だよ。ショウ兄ちゃんも赤点だらけだったって。それでも生きていけるって。赤点を気にするなんて小さい小さい」

ショウが提唱した人生の哲学通り、赤点だらけでも生きていくことに不便はないが、学生ならば本分を逸脱してはいけない。

「僕にしてみれば零点を取るほうが難しい」

「お兄さんはすっごく頭がいいって聞いた。凄《すご》いね」

氷川のことを頭自体がいいのだと羨《うらや》む輩《やから》は多かったが、当の本人にしてみれば釈然としない。遊びらしいことをいっさいせず、勉強に打ち込んだ成果だ。氷川はデートスポットらしき場所にプライベートで足を運んだことは一度もない。

「僕は頭がいいわけじゃない。努力したんです。寝る間も惜しんで勉強したんだ」

「凄いよ。俺にもオヤジにも絶対にできない」

「努力は誰にでもできます。千晶くんにも努力はできる」

取るに足らない会話を交わしているうちに最寄り駅に到着し、氷川と千晶はタクシーから降りた。そのまま電車に乗り、横浜に向かう。

「お兄さん、横浜に行くの？」

「うん」

おそらく、祐は故意に大雑把《おおざっぱ》な指示しか出していないはずだ。氷川が横浜駅に到着した頃、携帯電話に祐からメールが届いた。待ち合わせ場所が詳しく記されている。

「赤レンガ倉庫？　横浜の観光スポットだよね？」

氷川は携帯電話を手にしたまま、傍《かたわ》らにいる千晶に視線を流した。しかし、いるはずの千晶がいない。

「……ち、ち、千晶くん？」

千晶はつい先ほどまで氷川の手を握って歩いていた。横浜銘菓が並んだショーウインドーを見てはしゃいでいたものだ。

誰かに連れ去られてしまったのか、可憐なルックスの千晶は危険だ、あの子はジーンズでも女の子にしか見えない、と氷川から血の気が引いた時、視界に千晶の姿が飛び込んできた。なんのことはない、横浜銘菓を取り扱う店に吸い寄せられていたのだ。千晶はどこかレトロなパッケージの洋菓子を抱えていた。

「……千晶くん、さらわれたのかと心配したよ」

「うん？　お兄さんは綺麗だから赤い靴を履いていた女の子みたいに異人さんに連れられて行っちゃうの？」

千晶にしてみれば連れ去られるのは楚々《そそ》とした氷川のほうだ。自分の可憐な容姿には無《む》頓着《とんちゃく》である。

「……赤い靴？　赤い靴を履いていた女の子？　そんな童謡があったね」

「お兄さん、これが欲しい」

千晶が無邪気な笑顔を浮かべ、子供のように欲しいものを差しだす。無性に可愛い。

遠い日、小さな清和は欲しいものがあってもねだれなかった。氷川はまだ学生でなんの

力もなく、小さな清和が欲しがるものを買い与えることができなかった。無意識のうちに、無邪気な千晶が小さな清和に重なる。

「……ま、いいでしょう。一緒に杏奈さんと裕也くんの分も買って行こう。ショウくんや京介くんの分も……京介くんは甘党なんだ。ちょうどいい」

女性の杏奈や幼い裕也ならばスイーツを喜ぶだろう。京介は体重増加を気にしているが、甘い洋菓子が大好物だ。

「お兄さん、こっちも欲しい。これはショウ兄ちゃんが好きそうだよ。薔薇《ばら》の形のケーキは杏奈さんにしよう。女の子は薔薇が好きだよ」

「千晶くん、持てるかな？」

「俺が担《かつ》ぐから大丈夫」

氷川は千晶とともに横浜銘菓を買い込み、タクシーに乗り込んだ。後部座席は買い物袋でいっぱいになった。

3

すぐに目的地である赤レンガ倉庫に着き、氷川《ひかわ》と千晶《ちあき》は左右に買い物袋を持ってタクシーから降りる。

左右をきょろきょろ見回していると、ニット帽を被った若い青年が近づいてきた。さりげなく携帯電話の画面に映った清和《せいわ》の横顔を氷川に見せる。

氷川が驚愕《きょうがく》で足を止めると、若い青年は爽《さわ》やかに笑った。

「姐《あね》さん、自分の携帯電話を確認してください」

若い青年に言われるがまま、氷川は自分の携帯電話を確かめた。『目の前にいるバカラについていってください』と、祐《たすく》からのメールには綴《つづ》られている。

「……バカラ？　……あ、一流の情報屋のバカラ？　神出鬼没のバカラ？」

誰もが認める一流の情報屋として、木蓮《もくれん》・一休《いっきゅう》・バカラと常に三人の名前が挙がる。

確かに、目の前にいる青年は、氷川が組長代行時代に見たバカラの写真によく似ている。目立たないように意識しているらしいが、目鼻立ちの整った美男子だ。

「一流ですか？　光栄です」

サメは優秀で若いバカラを見込み、諜報部隊《ちょうほうぶたい》に入れたがっていた。だが、バカラにはつれなく断られているという。バカラといい京介《きょうすけ》といい、喉《のど》から手が出るほど欲しい人材に限って素っ気ない。

「バカラくん、情報屋だよね？　いったいここで何をしているの？」

バカラはどの組織が大金を積んでも属さない一匹狼《いっぴきおおかみ》である。未《いま》だかつて誰かの送迎を担当した過去はないはずだ。

「それを俺に聞かないでください。俺もこんな予定じゃなかったんですよ。祐さんの迫力に負けた」

俺としたことがやられた、とバカラはどこか悔しそうに小声で漏らした。データに記されていた一流の情報屋の面影がない。

「祐くんの迫力に負けた？」

時間がないから、とバカラに静かに促されて、氷川と千晶は停《と》められていた車に乗り込んだ。

「姐さん、出します」

運転席のバカラは、律儀に一声かけてから発車させた。あっという間に赤レンガ倉庫が見えなくなる。

「バカラくん、どこに行くの？」

氷川の脳裏にバカラについて記されていたデータが次から次へと浮かんだ。サメは神業ともいうべきバカラの働きに花丸をいくつもつけていたはずだ。来日していた秘密結社の幹部の目的を探りだしたバカラにはハートマークがついていた。

「祐さんに指示されたところに行きます」

「それはわかっているけど」

「俺とデートしたいなら祐さんに了解を取ってください」

バカラが茶目っ気たっぷりに言ったので、氷川は苦笑を漏らした。

「デートは結構です……が、どこに行くの？」

「姐さん、心配性ですね」

「こんな時だから心配性になって当然でしょう？」

山手《やまて》のほうに向かったかと思ったが、また海辺に戻ってきた。バカラがハンドルを握る車は、桟橋にいた大きな客船に乗り込む。どうやら、尾行がついていないか、確かめていたようだ。

「わ〜い、船だね？」

千晶は無邪気に喜んでいるが、氷川は違和感を抱いていた。とりあえず、千晶とバカラという組み合わせは異常だ。おそらく、予期せぬ異常事態が起こったのだろう。

「バカラくん、君は清和くんの味方ですか？」

氷川が確認するように尋ねると、バカラは欧米人のように派手に肩を竦《すく》めた。

「姐さん、そんなに思いつめた顔をしないでください」

「サメくんをフったバカラくんが登場してくれたのです。いろいろと考え込んでしまってもおかしくはないでしょう?」

今回の修羅場《しゅらば》で清和のみならず眞鍋《まなべ》組関係者から、距離をおく一流の情報屋がいたという。それにもかかわらず、なぜ、一匹狼のバカラがこんなに踏み込んで協力しているのか、勘ぐらずにはいられない。

「俺、二代目組長が姐さんに惚《ほ》れた理由がわかります。二代目組長に会ったら勢いよくパンツを脱いでやってください」

バカラはなんでもないことのように軽く言ったが、氷川は開いた口が塞《ふさ》がらなかった。

「……は?」

「AV女優になったつもりで恥ずかしがらずに足を大きく開くんですよ」

バカラは言うだけいうと、ブレーキを踏んで車を停《と》めた。おそらく、サメが所有している大型客船の船底にある駐車場だ。

後部座席のドアは祐が開けてくれたが、スマートな美男子はやつれ果てている。たった一晩で何が起こったのだろうか、氷川は車から降りてから尋ねた。

「祐くん、いったいどうしたの?」

祐は氷川の質問には答えず、運転席にいるバカラに別れの手を振った。一息ついてから、真顔で言い放つ。

「姐さん、パンツを脱いでください」

一瞬、氷川は何を言われたのか理解できなかった。パンツ云々《うんぬん》のフレーズはバカラからも言われたばかりだが。

「……は？」

バカラが運転する車が駐車場から出て行くまで、千晶は両手を盛大に振っていた。足元には横浜銘菓を詰め込んだ買い物袋がいくつも並んでいる。到底、氷川は下着を脱ぐ気にはなれない。

「ピンクライトもＢＧＭもありませんが、ストリッパーになった気分でお願いします。俺が姐さんのパンツを脱がすわけにはいきません。千晶に脱がさせるわけにもいかない。姐さんご自身に脱いでもらわないといけないのです」

祐に深々と頭を下げられ、氷川はようやく正気を取り戻した。

「祐くん、どうしたの？」

祐には『根本的に歪《ゆが》んでいる』という形容がつくが、理由もなく男の下着を脱がせたりはしない。

「姐さんにパンツを脱いでもらわなければなりません。姐さんにしかできない仕事です。俺に姐さんの代理は無理です」

「……清和くんに何かあったの？」

氷川にいやな予感が走った時、千晶が大声を張り上げた。

「うわっ、バイクが真っ赤、血まみれだ……グシャグシャ車も血まみれだ……ゾク同士の抗争でもこんなひどいのはない……」

周囲を見渡せば、駐車場にはスクラップ工場と称してもおかしくないようなバイクと車の残骸《ざんがい》が散らばっていた。そのうえ、血がこびりついたジャックナイフや短刀まで転がっている。

以前、加藤《かとう》派の追っ手から逃れるため、サメの船に乗船した時、このようなものはなかった。

「姐さん、説明している暇がありません。こちらに来てください」

いつになく切羽詰《せっぱつ》まった祐に促され、氷川はクラッシュした車の前を通り過ぎた。千晶も両手に買い物袋を下げてついてくる。

血溜《ちだ》まりにライフル銃を見つけ、息を呑《の》んだのは氷川だ。

階段を上がって長い廊下を進み、クリスタルのシャンデリアが吊《つ》るされた大広間のような場に足を踏み入れた時、氷川は心臓が止まったかと思った。血まみれの男たちが何人も苦しそうに呻《うめ》いていたのだから。

「……う、う、うわーっ」

甲高い悲鳴を上げたのは、氷川の背後にいた千晶だ。

「……祐くん……これはいったい……」

氷川が祐に震える声で訊《き》いた瞬間、聞きなれた罵声《ばせい》が響いてきた。いや、聞きたくてたまらなかったショウの声だ。だいぶ掠《かす》れているが、ショウの声だとわかる。

「……は、放せ、放せ、放しやがれっ、俺の身体《からだ》を放せーっ」

ショウは医療器械の前にあるベッドに横たわっているが、無残にも、全身、包帯が巻かれている。

氷川は慌ててショウに近寄ろうとしたが、ポーカーフェイスの祐に止められてしまった。

「ショウ、誰もショウの身体を押さえつけていない。拘束具も使っていない。薬も使っていない。あちこち骨が骨折していて動けるわけないだろう」

絶対安静、と祐は冷たく言い放ったが、ショウの雄叫《おたけ》びは続いた。

「くそったれ、放せって言うんだよ。俺の身体を放せ、俺をベッドに縛りつけるな、俺にはやらなくちゃいけないことがあるんだ、俺を放してくれーっ」

ショウと祐の会話である程度の状況が把握できた。察するにショウは命に関《かか》わるほどの大怪我《おおけが》を負ったのだ。それなのに、ショウは精神力だけで立ち上がろうとしている。命知らずの特攻隊長たる所以《ゆえん》だ。

「ショウ兄ちゃん、なんでそんな包帯人間になっているの？　頭にも首にも包帯を巻いているの？　ショウ兄ちゃん、しっかりして。一緒に小田原《おだわら》でおでんを食べる約束じゃないかっ」

千晶が真っ赤な目でショウに駆け寄ると、祐は淡々とした口調で氷川に言った。

「姐さん、ショウは千晶でも慰められます。ですが、清和坊ちゃまは姐さんにしか慰められません」

「……う、うん……え？　京介くん？　京介くんまで？」

よく見ればショウの隣のベッドで沈んでいるのは、ホストクラブ・ジュリアスのナンバーワンである京介だ。華麗なカリスマホストのムードは微塵《みじん》もなく、ショウと同じようにあちこちに包帯が巻かれている。

「姐さん、ゴジラと称《たた》えられた京介はこんなことでくたばりません。プロレスラーが束でかかっても、裏のレスラーが束でかかっても、ヤクザが束でかかっても、京介には勝てませんでしたから」

華やかなルックスとは裏腹に、京介の腕っ節はゴジラと称賛されるほど強いことを、氷川は知っている。だからこそ、氷川は衝撃を隠せない。

京介は氷川の出現に気づいているようだが、男としてのプライドか、決して視線を合わせようとしない。

見ないでやってください、と祐は氷川の耳元にそっと囁《ささや》いた。

「……京介くん……え？　イワシくん？　あの医療器機は……え？　イワシくんは意識がないの？」

諜報部隊に所属しているイワシが、生命維持装置によって生かされていた。イワシの心臓の鼓動を確かめようとしたが、きつい目をした祐に阻《はば》まれてしまう。

「姐さん、意識不明の重体はイワシだけではありません。シマアジもタイも意識が戻りません」

こともあろうに、船の中で諜報部隊の精鋭たちが生死の境を彷徨《さまよ》っていた。治療に当たっているのは、清和と関係のある個人病院の院長だ。慣れた手つきで信司《しんじ》の頭部に包帯を巻いている。

かつてプリンスとも天才外科医とも絶賛されていたモグリの医者の木村《きむら》はどこにもいない。氷川が木村の素性を指摘して以来、彼は眞鍋組のシマから忽然《こつぜん》と姿を消した。

「どうして？」

「メギツネにやられました」

祐が背筋が凍るほど艶然《えんぜん》と微笑《ほほえ》んだ時、氷川の脳裏に陰惨な場が浮かんだ。メギツネとは京子《きょうこ》にほかならない。

「……まさか」

祐に続いて開けっ放しにされていた扉を進み、渋めの赤を基調とした部屋に足を踏み入れた。そして、氷川はベッドに寝かされている女性に気づいた。傍《かたわ》らには清和とリキが苦悩に満ちた顔で立っている。

「……清和くん？」

氷川は愛しい男の名前を呼びながら、ベッドに横たわっている女性を見つめた。直《じか》に言葉を交わしたことは一度もないが、彼女がどういう女性か知っている。女手ひとつで子供を懸命に育てていた母親だ。

あってはならない現実に直面し、氷川の心臓が止まりそうになる。悪い夢を見ているのだと思い込みたい。けれど、悪い夢だと思い込もうとしても、清和とリキの表情がすべてを物語っている。普段、顔に感情を滅多に出さない男たちなのに、今は上手《うま》く隠せないらしい。

ベッドで目を閉じている女性は捜し続けていた杏奈《あんな》だ。

「……っ……………杏奈さん？　杏奈さん？　杏奈さんだね？　杏奈さんですね？」

氷川は真っ青な顔で杏奈の手首を取り、脈を測ろうとしたものの、祐にやんわりと止められてしまった。

「姐さん、医者の出番はありません」

「心臓マッサージはしたの？　まだしていないでしょう。最後まで諦《あきら》めちゃいけない。杏奈さんは死んでいません」

氷川は杏奈の身体に心肺蘇生法《しんぱいそせいほう》を施そうとしたが、悲痛な顔つきの清和の腕に抱き寄せられてしまった。

愛しい男の腕の中なのに、氷川は辛《つら》くて仕方がない。

「……清和くん、どうして？　どうして杏奈さんが亡《な》くなっているの？　昨日の夜、杏奈さんと裕也《ゆうや》くんを助けに行ったんでしょう？　僕はいい報告を聞けるとばかり思っていた」

氷川は目を潤ませて一気に畳みかけるように捲《まく》し立《た》てた。けれど、清和は苦しそうに息を吐くだけだ。

「申し訳ありません」

無言の清和に代わり、無敵の虎《とら》と称されたリキが腰を深く折った。祐も頭を下げて詫《わ》びる。

「……僕に謝る必要はない……そんなことはどうでもいい……杏奈さんはどうして……杏奈さんは……杏奈さんは……裕也くんは……？　橘高《きったか》さんや典子《のりこ》さんは？　どこにいるの？」

氷川は清和の胸から出ようとしたが、ますます強い力で抱き締められた。清和自身、氷川の身体を抱き締めて己《おのれ》を保っているようだ。

「姐さん、京子のほうが何枚も上手でした。やられました」

祐の言葉から長野の山の別荘に乗り込んだショウや京介の惨状が京子の仕業だとわかった。京子が仕組んだ罠《わな》だったならば、こちらは一溜《ひとた》まりもない。

「……京子さん？　まさか、まさか、長野の山の別荘……罠だったの？　……まさか……まさか……罠？　最初から罠を仕掛けていたの？　佐和《さわ》姐さんも京子さんの嘘《うそ》にひっかかったの？」

氷川の目の前に無明《むみょう》の闇《やみ》が広がり、全身から力が抜けていった。その場に崩れ落ちそうになったが、清和の逞《たくま》しい腕によって支えられる。

「はい、メギツネは実母や佐和姐さんに説得されたぐらいでほだされたりしない。俺も甘かった」

祐は悔しそうに眉《まゆ》を顰《ひそ》めると、抑揚のない声で語りだした。

昨夜《ゆうべ》、計画通り、長野の山の中腹にある秋信《あきのぶ》所有の別荘に辿《たど》り着《つ》いたという。山自体、秋信が所有しており、付近に民家や小屋は一軒もない。山奥に秋信社長所有の別荘がもう一軒建っているだけだ。とりたてて、不審な点はなかった。

『俺と京介は待機』

サメと京介は別荘の外に停めたワゴン車で待機した。別荘がある山の麓《ふもと》には、卓《すぐる》と宇治《うじ》が機材を積んだワゴン車で乗り込んでいた。ほかの清和の舎弟たちは長野市内に結集している。まさしく、決死の覚悟で挑んだのだ。

『ぬかるなよっ』

例の如《ごと》く、ショウは闘志を燃やして大型バイクに跨《またが》る。言うまでもなく、サメは慌てた様子でショウを諭した。

『ショウ、ヤクザの出入りじゃない。お前はヤクザだが今回は殴り込みじゃない。わかっているな？』

『わかっている。まずは人質の救出』

『バイクで突っ込むんじゃなくてスパイ大作戦の潜入だ。バイクには乗るな』

ショウはイワシやシマアジ、タイといった何人もの諜報部隊所属の男たちと一緒に別荘に忍び込んだ。

そして、別荘内に待ち構えていた加藤や舎弟たちに狙《ねら》い撃《う》ちされた。何発もの銃声が響き渡り、あちこちで血飛沫《ちしぶき》が飛び散る。

『ショウ、馬鹿《ばか》な奴だな。せっかく俺の舎弟にしてやったのに』

加藤の散弾銃はショウめがけて発射される。

『ショウ、よくも騙《だま》しやがったな』

『箱根《はこね》でリキに撃たれて崖《がけ》から落ちて死んだんじゃなかったのかよ。なんで生きているんだ？　人質がどうなってもいいんだな？』

ショウは加藤から逃れるため、箱根の崖から落ちて死んだふりをした。もとより、京子を騙せたとは思っていない。

『お前みたいな馬鹿な奴は見たことねぇ。清和とオカマについてなんかいいことがあったか？　いいことなんか何もないだろう？』

『三代目組長と京子姐さんに逆らうなんて馬鹿だ。うちには名取《なとり》グループがついている。すぐにお前の後を清和とオカマにも追わせてやるさ』

『特にオカマなんていつでも殺せるからな』

ショウは何発も銃弾を受けつつ、人質を捜して別荘内を走り回った。諜報部隊の男たちも拳銃《けんじゅう》で応戦したが、圧倒的な敵の多さの前に太刀《たち》打《う》ちできなかったという。

『この野郎ーっ』

ショウが北欧製の家具を加藤派の舎弟たちに投げつけ、イワシが所持していた爆発物を爆発させた。

おかしい、と察したサメが別荘に忍び込み、無人のキッチンやダイニングルームを爆発させる。白い煙が立ち込める中、サメは人質を捜して別荘内を回り、冷房が効いた奥の部屋のベッドに寝かされていた杏奈の遺体を見つけた。昨日や今日、亡くなった遺体ではない。おそらく、佐和が復縁のシナリオを清和に持ち込む前に亡くなっている。

『完全な罠か？　ほかにも遺体があるのか？　……とりあえず、ヤバいな』

サメは全員に退却命令を飛ばし、別荘から命がけで脱出した。しかし、別荘の周りは加藤派の舎弟たちの車やバイクに囲まれていたのだ。ワゴン車で待機していた京介が、ジャックナイフを振り回して孤軍奮闘していた。

『京介、罠だ、逃げるぞっ』

『下の街にいる奴らに緊急シグナルを出しました』

京介は咄嗟《とっさ》の判断で、長野市内に結集していた清和の若い舎弟たちに救援要請を出していた。

『さすが、ショウにはできない芸当だ。惚《ほ》れたぜっ』

『惚れないでください』

長野の山中で銃撃戦とカーチェイスが繰り広げられ、サメやショウは命からがら逃げてきた。

『今、首と胴体が繋《つな》がっていることが奇跡だ』

サメは船に辿り着き、杏奈の遺体をリキに預けると倒れ込んだ。ショウは意識不明のイワシを担《かつ》いだ体勢で白目を剝《む》いた。京介は意識が戻らないシマアジをソファに寝かせてから、船で待っていた清和やリキにすべてを語った。もちろん、京介もひどい手傷を負っていたが、精神力だけで動いていたのだろう。

『……杏奈さん、すまない』

清和とリキは冷たくなった杏奈の遺体に詫び続けた。どんなに謝罪しても、当然の如く杏奈の返事はない。

祐は心を鎮めてから佐和に連絡を入れた。

『佐和姐さん、俺は女が恐ろしい。女を信じたことが馬鹿なのでしょうか？』

『祐、どういうことだい。どうもあんたの言い回しはわかりづらい。はっきり言っておくれ。人質は助けだしたんだろうね？』

『佐和姐さんも俺たちも京子に騙されたようです。長野の別荘には武器を構えた兵隊が詰めていました』

果たせるかな、佐和は京子の所業に言葉を失った。すぐに京子を問い詰めようとしたが、眞鍋本家から出て行ったまま帰ってこないという。

京子はリスクの大きい全面戦争に踏み切るつもりなのかもしれない。

今回のミッションの失敗で清和の舎弟は全滅、サメ率いる諜報部隊のメンバーも壊滅状態に近い。

万事休す、と祐が悔しそうに語り終えた時、氷川から血の気が引いた。

「……そんな……収束に向けた最後のチャンスだったのに……京子さんは自分で最後のチャンスを潰《つぶ》したの？」

佐和や実母の顔を立て、人質を解放すれば、まだ女性の京子ならばなんとかなったかもしれない。それなのに、京子は自分で最後のチャンスを握り潰したというのだろうか。

「清和坊ちゃまが仰《おっしゃ》った通り、京子はそういう女じゃなかった。佐和姐さんや実母が本当に腕を斬《き》り落《お》としても、京子は手打ちに持ち込む気はなかったのでしょう」

京子から鬼が消えた、元の京子に戻りつつある、本当の京子は優しい娘じゃ、と佐和は安堵《あんど》の息を漏らしたと言っていた。だからこそ、佐和からの連絡を信用した。

「京子さんは佐和姐さんも実のお母さんも騙したのか」

京子に良心の呵責《かしゃく》はないのか、人としての血が流れていないのか、氷川はまったく理解できない。

「人質を解放したくても、杏奈さんはだいぶ前に亡くなっていたんです」

祐はわざと感情を込めずに言ったが、内心では憤慨しているのがわかる。清和やリキからは凄絶《せいぜつ》な怒気が発散された。

「……ま、まさか、加藤派の男たちに乱暴されて……乱暴されて……殺された？」

決して考えたくはないが、どうしたって、杏奈が美女だけに最悪のケースを想像してしまう。そのうえ、加藤派の男たちは揃《そろ》いも揃って馬鹿だ。

「冷静に聞いてください。……たぶん、杏奈さんは監禁された時点でシャブを打たれています。最初から杏奈さんを解放する気はなかったのでしょう」

佐和が口にした京子像を振り切らせるためにか、今後のためにか、祐は恐ろしい事実を静かに言い放った。

一度でも覚醒剤《かくせいざい》を打たれたらどうなるか、わざわざ説明を請う必要はない。氷川は自分が覚醒剤を注射されたような気がした。

「……どうして？」

徹底抗戦だ、橘高清和を滅ぼす気です、と祐は独特のイントネーションで応《こた》えた。清和やリキも鋭い双眸《そうぼう》で同意している。

「清和くんを滅ぼして、それでどうするの？」

三代目組長に就任した加藤が、清和を破滅させようとする理由はわかる。ほかの暴力団組織にしても清和滅亡を企《たくら》む理由はわかる。だが、京子が清和を破滅させてどうしようというのだ。清和が塵《ちり》のように消え去った後、京子が女の身で不夜城に君臨するつもりなのか。

「メギツネに訊いてください」

「そうだね？　僕が京子さんに会う」

僕が憎いならば僕に殺意を向ければいい、僕の命を狙えばいい、もう許せない、と氷川は心の中で京子に宣戦布告した。氷川が青白い闘志を燃え上がらせると、即座に清和が反応した。

「やめろ」

清和の一喝の後、寡黙《かもく》なリキも重い口を開いた。

「姐さん、それだけはやめてください」

言葉が足りない男たちの後、スマートな策士が切々とした調子で言った。

「姐さん、お気持ちは痛いぐらいわかります。ただ、姐さんより京子のほうが何枚も上手です。会ったら最後、姐さんが新たな人質になるでしょう」

オカマはいつでも嬲《なぶ》り殺《ころ》せる、と加藤派の舎弟たちは口々に叫んでいた。もしかしたら、勤務中の氷川を襲撃するつもりなのかもしれない。

「護衛は頼みました」

「どうして千晶を呼んだかわかりますか？　自慢にもなりませんが人手が足りないんです。詳しく言えば、姐さんを任せられるほど信じ、腕が立つ男はみんな怪我人です」

つい先ほどにしても、新たな情報を提供してくれたバカラに頼み込み、氷川を船まで送り届けさせたのだ。本来ならば一流の情報屋に依頼することではない。また、一流の情報屋をサメの本拠地に入れたりはしない。それだけ、事態は差し迫っている。

「意識不明の重体はイワシくんにシマアジくんにタイくんに……何人いるの？」

諜報部隊の精鋭たちに何本もの管が通されていれば、氷川は医師としていてもたってもいられない。

「数えたくありません」

氷川がショックを受けると危惧《きぐ》しているのか、祐は指で数える素振りをするだけで、質問に対する答えを明確にしない。

「サメくんはどこにいるの？」

衝立《ついたて》の向こう側にでも隠れているのかと思ったが、いつになってもサメは現れない。氷川は天井や壁を見回した。

「ソバの食べ歩きに出ました……と言いたいところですが、寝ています。さすがに叩《たた》き起《お》こせません」

何度失敗しても、その都度、挽回《ばんかい》してきたというサメに期待するしかない。氷川は白衣姿で信司の包帯を巻いていた医師に言及した。

「あの医者の腕は確かなの？　木村先生はどこにいるの？」

誠心誠意尽くしてくれたイワシにしろ、シマアジにしろ、タイにしろ、誰ひとりとしてこんなことで逝かせたくはない。奇跡の手、とかつて尊敬を集めた天才外科医ならば助けられるだろう。

「木村先生の居場所は橘高顧問なら知っていると思いますが」

祐がシニカルに口元を歪めた時、ショウの掠れた雄叫びが響いてきた。

「俺の身体に何をした？　変な薬を飲ませたのか？　おかしな注射を打ったのか？　身体が動かねぇじゃないかーっ」

依然としてショウは思うがままにならない身体に焦《じ》れている。声音も普段と違って張りがなく、ひどく掠れていた。

もっとも、ショウに限った話ではなく、自分の病気が受け入れられない患者は少なくはない。

「ショウ兄ちゃん、大怪我したんだから動けないよ。じっとしていたほうがいいよ。血がどばどば流れているよ。血がどばどば流れるとヤバいんだよ。うちの父ちゃんも連れも言っているよ」

千晶が泣きそうな声で必死に宥《なだ》めているが、ショウにはなんの効果もないようだ。

「千晶のくせに何を言っているんだ。血が流れたくらいで騒ぐな。血は流れるもんだ。俺は行く」

「血が流れたら危険だよ。ショウ兄ちゃんはそんなことも知らないの？　なんでそんなに馬鹿なの？」

「千晶、お前にだけは言われたくないーっ」

ショウの野生の獣のような咆哮《ほうこう》が響き渡った後、清和は抱き締めていた氷川を名残《なご》惜《り》しそうに放した。

どこに行く気なのか？

氷川は清和に声をかけようとしたが、血相を変えた祐のほうが早かった。

「清和坊ちゃま？　清和坊ちゃまのためにお呼びした姐さんです。見てごらんなさい、今日もお綺麗《きれい》ですね。ご存分にお楽しみください」

祐の言葉を完全に無視し、清和はリキとともに奥の部屋に進む。長身のふたりの周りに漂う緊迫感が尋常ではない。

「姐さん、さっさとパンツを脱いで清和坊ちゃまに迫ってください」

祐に急《せ》かされたものの、氷川は困惑するしかない。何しろ、開けっ放しの扉の向こう側には、負傷した男たちが大勢いる。

「祐くん？」

「清和坊ちゃまもリキお兄ちゃまもブチ切れています。ふたりで眞鍋組総本部に殴り込む気です」

祐が早口で言い終えた言葉に驚愕し、氷川はなかなか舌が動かなかった。

「……い、いくら……なんでもそれは無茶でしょう」

清和くん、と氷川は愛しい男の名前を口にしながら奥の部屋に飛び込んだ。すると、広い部屋の中央にあるテーブルにはライフルや散弾銃が無造作に積まれ、壁には何本ものサーベルやボウガンがかけられていた。清和は鈍く光る拳銃を持ち、リキは日本刀を吟味している。

「清和くん、リキくん、何をする気？」

氷川が真っ青な顔で近寄ろうとしたが、清和は尊大な態度で言い放った。

「女は黙っていろ」

女は黙っていろ、女は口を出すな、は極道の世界におけるセオリーで、初代組長の妻や橘高の妻は悔しい思いをさせられたという。

「清和くん、僕は君のお嫁さんだけど女性じゃないからね？　僕に向かってなんてことを言うの。僕はそんな子に育てた覚えはありません」

氷川は極道界のセオリーを無視して清和に詰め寄った。祐が素人《しろうと》の千晶を使ってまで、自分を呼び寄せた理由がわかったからだ。

「…………」

「総本部に殴り込んでも犬死にするだけだ」

氷川は清和の手から拳銃を取り上げたが、肝心の昇り龍の闘志は一向に消えない。日頃、抑え込んでいる激しさは一旦表に出ると熾烈《しれつ》だ。

「…………」

「総本部に殴り込むなら僕も一緒に行く。けど、その前に清和くんはすることがあるでしょう？」

杏奈は死なせてしまったが、まだ幼い裕也が残っている。なんとなくだが、橘高や典子が命がけで裕也を守っているような気がした。いや、そうであってほしい、という願望かもしれない。

「………」

「裕也くんを助けるのは清和くんの義務だよ」

幼い命を顧みず、敵の本拠地に殴り込もうとする清和の神経を疑う。常に冷静沈着なリキもどうかしているとしか思えない。

「……裕也は」

母親の杏奈と同時に裕也もすでに始末されているかもしれない。清和とリキは京子の性格を考慮し、即座に判断を下したようだ。これ以上、手をこまねいているわけにはいかない、と。

「まだ裕也くんの遺体は見つかっていないんでしょう？　だったら生きている可能性がある……裕也くんは生きている。橘高さんと典子さんが守っている。きっと、橘高さんと典子さんなら……」

裕也は生きているはずだ、生きていてほしい、生きていなければならない、と氷川は心の底から祈った。

「…………」

「裕也くんの遺体が見つかるまで早まったことをしちゃ駄目だ」

氷川の涙混じりの言葉を、清和はきつい声でぴしゃりと撥《は》ねつけた。

「黙れ」

もともとそんなに気は長いほうではないし、おとなしいわけでもない。本来の清和は誰よりも気性が激しくて苛烈《かれつ》な男だ。とうとう堪忍袋の緒が切れ、感情をコントロールできなくなっているのだろう。

「清和くん、いつもの清和くんじゃないよ」

氷川は清和の首に腕を絡めようとしたが、年下の男はサラリと身を躱《かわ》す。常ならば氷川が伸ばした手を拒んだりしない。

「頼むから黙ってくれ」

清和が苦渋に満ちた顔で言った後、祐が追い詰められた様子で口を挟んだ。

「姐さん、何をどう言っても無駄です。さっさとパンツを脱いでください」

その手があったか、それで呼ばれたのか、と氷川は急いで自分のズボンのベルトに手を伸ばした。

しかし、肝心の清和は渋面で部屋から出ていこうとする。若い彼は艶《なま》めかしい氷川の身体に抗《あらが》えないことを自覚しているのだ。

「清和くん、僕をおいてどこに行くの？」

氷川は必死になって清和の背中に後ろから飛びついた。決して放したりはしない。

「………」

愛しい男から凄《すさ》まじい葛藤《かっとう》が伝わってきたが、あえて氷川は甘く囁いた。

「抱いて」

氷川は甘えるように広い背中に頬《ほお》を摺《す》り寄《よ》せた。それなのに、愛しい男は微動だにしない。

「…………」

「僕も男だからね。急にしたくなったの。抱いて」

「…………」

清和は死に物狂いで甘い誘惑と闘っている。氷川にしてみれば焦れったくてたまらなかった。

「清和くん、早く抱いて」

「…………」

「僕に触って」

たくさん触ってほしい、と氷川は煽《あお》るように左右の手を動かした。下肢も清和に押しつける。

「…………」

ピリピリピリッ、としたものが清和からいやというほど伝わってきた。若い男は蛇の生殺しに耐えている。

「どうして僕を見ないの？」

埒《らち》が明かないとばかり、氷川は背後から清和の股間《こかん》に手を伸ばした。布越しに揉《も》み扱《しご》こうとしたが、清和に乱暴な手つきで撥ねられてしまう。

「やめろ」

「清和くん、僕の旦那《だんな》さんなんだから嫁の僕に義務を果たしなさい」

再度、氷川は背後から清和の股間に目的を持って触れた。普段ならばすでに昂《たか》ぶっていたかもしれないが、未だに清和の分身はおとなしいままである。

「…………」

「嫁が望んだらちゃんと抱いて」

氷川は清和の自制心を削《そ》ぎ落《お》とそうとしたが、眞鍋の昇り龍の異名を持つ男は粘った。

「待て」

ドッグスクールの教官に言われたような気がしないでもない。口下手な男らしいかもしれないが、氷川は頬を紅潮させた。

「待て？　僕は犬じゃないんだよ。待て、なんて一言で待っていられない。待てるわけないでしょう」

氷川が文句を口にすると、清和は言葉を重ねた。

「俺が帰るまで待て」

「待っていられない。すぐに清和くんが欲しいの」

氷川が淫《みだ》らに腰を摺り寄せたというのに、清和は苦行僧のような顔つきで振り切ろうとする。

「清和くん、どんないやらしいことをしてもいいから」

氷川は右手で清和にしがみついたまま、左手で自分のズボンのベルトに手をかけた。もう、なりふり構っていられない。清和を止められるならばあられもない姿になって縋《すが》りつく。足も思い切り開いてやる。

「…………」

「いやらしいことをいっぱいしてもいいよ……いやらしいことをいっぱいしよう……清和くん？　どこをどんなふうに触ってもいいよ」

不器用ではないと思っていたが、左手だけでズボンのベルトがなかなか外せない。清和が離れようとするからなおさらだ。

「…………」

「清和くん、僕より大事なものがあるの？」

氷川は清和のズボンのファスナーを右手で摑《つか》んで下ろそうとした。だが、乱暴な手つきで払われてしまう。

「……頼む」

清和はそろそろ落ちてもいい頃なのに陥落しない。こんなことならＡＶでも観て、清和を誘惑する手管《てくだ》を研究しておくべきだった、と氷川はひたすら後悔した。

「僕といやらしいことをするのがいやなの？　僕を抱くのがいやで逃げるの？　僕がいやになったの？」

「……おい」

「清和くんがいやらしいことをしてくれなかったら僕はどうしたらいいの？　僕に浮気しろなんて言わないよね？　僕をおいていかないね？」

ここで僕をおいていったら許さない、別れないけど許さないよ、恨むよ、と氷川は心の中で清和に告げた。

「……頼むから」

頼むから止《や》めてくれ、と清和は縋るような目で氷川に訴えかけている。頭に血が上っていても、姉さん女房にはとことん弱い年下の亭主だ。

祐はリキの腕を摑んだまま、ヒステリックに捲し立てた。

「リキさん、どこに行くんですか？　ひとりで殴り込む気ですか？　眞鍋の虎が自爆行為に走ってはいけません」

リキは細い祐の腕を振《ふ》り解《ほど》くと、清和を真《ま》っ直《す》ぐに見つめた。いつもと同じように淡々としているが、一種の爽快感《そうかいかん》さえ漂っている。死を覚悟した男が持つ独特なものなのかもしれない。

「自分が行きます。二代目は待っていてください」

リキは剣道で有名な高徳護国《たかとくごこく》家の宗主の次男坊として生まれ、鬼神という呼び名と最強という称賛を受けていた。かつて木刀一本で敵対していた暴力団に殴り込み、壊滅させた過去を持つ。けれども、今回は相手が悪すぎる。

「リキ、俺も行く」

清和はリキと一緒に敵陣に乗り込む気だ。

「自分ひとりで結構です。今回、佐和姐さんの案に乗った自分の失態です。責任を取らせてください」

杏奈を殺されて一番自責の念に駆られているのはリキかもしれない。何しろ杏奈はリキを庇《かば》って死んだ初代・松本力也《まつもとりきや》の最愛の女性だ。それゆえ、リキは清和の承諾も得ずに、問答無用の荒業で佐和が書いた京子と清和の復縁話に賛同した。

「お前だけの責任じゃない」

清和のリキに対する信用は何があろうとも揺らがない。

「慰めは無用」

「慰めているつもりはない」

氷川は清和の背中に張りついたまま、事の成り行きを見守った。言葉では表現できないが、死を覚悟した男たちの間においそれと口が挟めないのだ。

「京子に対する見解が甘かった、と反省せざるを得ません。自分に行かせてください」

リキは眞鍋の頭脳として手腕を発揮したが、弱点は女性関係かもしれない。数多《あまた》の女性から秋波を送られていたが、リキは相手が誰であろうと拒絶していた。自分を庇って死んだ初代・松本力也が女を抱けないのに俺が抱くわけにはいかない、という理由が、リキの不器用なまでの潔癖さを示している。

「リキ、俺が行きたいんだ」

「自分は小物に仕えた覚えはありません」

リキの辛辣《しんらつ》な言葉にも、清和は怯《ひる》まなかった。

「小物でもなんでもいい」

「昇り龍ならば大物らしく姐さんを侍《はべ》らせていてください」

リキは高徳護国義信《よしのぶ》という本名を捨て、自分を庇って死んだ初代・松本力也の代わりとして生きている。すなわち、彼の本望は初代・松本力也が守ろうとした清和の右腕として死ぬことだ。

「俺はリキ、所詮《しょせん》はお前の力で昇り龍になったようなものだ。サメやショウ、舎弟に恵まれただけさ」

俺自身にはなんの力も能力もない、周りの奴らが優秀なんだ、と清和はいつぞやの修羅場でも吐露していた。清和本人が公言するように、逸材が周囲に集っている。しかし、逸材を引き寄せることも、働く場を与えることも、舎弟の功績を認めることも、上に立つ清和の能力のひとつだ。

「二代目、自分が死んでも祐が死んでも兵隊が全員死んでも、二代目さえ生き残っていれば戦争は勝ちです」

リキが苦行僧のような顔で言うと、清和は険しい表情で一蹴《いっしゅう》した。

「そんな勝利はいらない」

「戦争には勝たねばなりません」

清和とリキの重量級の睨《にら》み合《あ》いに氷川は圧倒されたが、祐が繊細な手を振りながら間に割って入った。

「そこ、新しい眞鍋を構築していた清和坊ちゃまとリキお兄ちゃま、古臭いカビの生えたヤクザみたいですよ。まさしく、橘高顧問と安部《あべ》さんにそっくり」

こんな時だが、言いえて妙、だ。清和とリキがそのまま橘高と安部に繋がる。おそらく、橘高と安部は幾度となく泥臭い言い合いをした挙げ句、肩を並べて敵陣に殴り込んだのだろう。武闘派の武勇伝は氷川の耳にもそれとなく聞こえてきた。

「祐、後は頼む」

リキは頼りになる参謀に後を託した。だが、肝心の祐は馬鹿らしそうに鼻で笑い飛ばした。

「いやです。虎が死んだら若い昇り龍の力は一日だって保《も》ちません。俺は沈む船に残る気はありません。虎がいなくなったら全速力で逃げます」

姐さんの面倒も見ません、と祐は横目で嫌みっぽく氷川を眺めた。本心ではないと氷川でさえわかる。

「祐、お前も男ならば男の最期《さいご》の願いを茶化すな」

「だから、そういう古臭いの、蕁麻疹《じんましん》が出るからやめてください。合理的に進めないと勝てるものも負けます」

祐が言い終えるや否《いな》や、いきなり第三者の声が聞こえてきた。

「祐さんの言う通りです。合理的にいきましょう。二代目もリキさんも必要不可欠な男です。世話になったカタギさんが泣いています。早く戦争を終わらせて、世話になったカタギさんを助けてやってください」

卓が仁王立《におうだ》ちで開けっ放しの扉の前に立っているが、傷だらけの上半身にはダイナマイトが何本も巻かれていた。

極道の抗争において勝敗を決めるのは兵隊の数ではない。組のために死ぬ兵隊がいるほうが勝つ。ダイナマイトを腹に巻いて抗争相手の本拠地に飛び込む鉄砲玉の話は時代が流れても尽きない。

学生風の卓の鉄砲玉姿に、氷川は二の句が継げなかった。清和やリキも戸惑ったようだが、祐が裏返った声で対処した。

「……卓、立派な意見を聞いたが、それはなんの真似《まね》だ？　殴り込みヤクザのコスプレか？　コスプレならばメイドさんかバニーガールにしてくれ」

「俺が総本部に乗り込みます。必ず、仕留めますから任せてください。眞鍋が真っ二つに割れたら、安部さんが加藤の下で頑張っている意味がない。全面戦争に踏み切る前に奴らをやります」

卓に生還する気はまるでなく、清々《すがすが》しいぐらいきっぱりと宣言した。清和のために散る気だ。

氷川が慌てて止める前に、祐が苦々しい顔で切り捨てた。

「箱根のお坊ちゃまには無理だ」

箱根の旧家出身の子息は清和の盃《さかずき》をもらってもヤクザに染まってはいない。それでも、闘う男の目をしている。

「無理かどうか試してください。総本部に飛び込めばいいんですから、姐さんのガードより楽ですよ」

卓が不敵に笑った時、性懲《しょうこ》りもなくショウの掠れた遠吠《とおぼ》えが聞こえてきた。

「俺が行く、俺が殴り込む、許せん、あいつらは絶対に許せねぇ、俺がやってやる、俺の獲物に手を出すなーっ」

どんなにショウ本人がその気でも、身体が動かなければどうしようもない。何より、あの大怪我であんな大声が出せるほうが不思議だ。氷川は無鉄砲なショウに鎮静剤を打ちたくなる。

「先生、ショウを黙らせてください」

京介の朗々と響く声が聞こえ、医師は承諾したようだ。おそらく、医師はショウを注射で眠らせる。

「ショウは当分の間は絶対安静です。宇治や桂《かつら》もしばらくの間は絶対安静です。春木《はるき》や夏彦《ひこ》たちもまともに動けないでしょう。信司や雷光《らいこう》たちは杖《つえ》がないと歩けません。俺は歩けます。俺以外に誰を送るつもりですか？」

卓は自分の胸をポン、と勢いよく叩いた。

「卓、肋骨《ろっこつ》が折れてるんだろう？」

祐の指摘に氷川は青褪《あおざ》めたが、卓は堂々と胸を張った。

「肋骨が折れても歩けます。俺は祐さんみたいにひ弱じゃないから」

祐は意を決してスポーツジムに入会したものの、高名なインストラクターに運動を止められてしまった。なんでも、祐の骨格が運動に向いていないらしい。屈辱のスポーツジム事件として密《ひそ》かに囁かれていた。

ちなみに、祐のボディガードとしてスポーツジムに入会した卓は、高名なインストラクターの適切な指導で筋肉量が上がった。以来、卓は祐にネチネチといびられている。挙げ句の果てには、千晶の父親とくっつけられそうになった。

「よくも言ったな」

「祐さん、運動する身体じゃないし、運動しても筋肉はつかないと思います。せめて、もう少しメシを食ってください。これを俺の最期の挨拶《あいさつ》に代えさせていただきます」

卓は祐から視線を清和に流し、深々と頭を下げた。

「二代目、俺は二代目に助けてもらいました。どんなに感謝しても足りません。最期に役に立てて光栄です」

卓の固い決意に対し、清和は切れ長の目を細めた。

「卓、お前が行く必要はない」

「二代目、ここは俺に、行け、と命令するシーンです。俺も男ですから恥をかかせないでください」

卓は清和にお辞儀をすると、リキにも礼儀正しく一礼した。もちろん、氷川は大事な卓をこのまま行かせたりはしない。

「卓くん、待ちなさい。君にはまだ大事な仕事が残っています」

氷川は清和に腕を回したまま、卓を引き止めた。

「姐さん？　俺、優しい姐さんの顔がまともに見られないので勘弁してください。お世話になりました」

氷川の目が潤んでいるからか、卓は直視できないらしい。清和だけでなくこの場にいる男たちはみんな、氷川の涙にすこぶる弱かった。

「清和くんといいリキくんといい卓くんといい、ちょっとおかしい……ううん、すっごくおかしいよ。どうしてここでこうなるの？」

氷川は釈然としない思いで、いてもたってもいられなかった。一時間ぐらい問《と》い質《ただ》したい。

「ここはこうするところです」

「自爆する前にしなければならないことがある。まず、裕也くんを助けだすよ。長野の山の別荘に裕也くんも橘高さんも典子さんもいなかったんだね？」

修羅の世界で闘う男の所以か、京子の憎悪の深さを目の当《まあ》たりにしたからか、誰もが裕也は亡くなったものだと諦めているような気がしないでもない。氷川は最後の最後まで諦めるつもりはなかった。

「……はい？　別荘内を捜し回ったそうですが、見当たらなかったそうです」

卓は山の中腹にある別荘に直接乗り込んだわけではない。だからこそ、肋骨を折っただけですんだ。

「あの長野の山の別荘に杏奈さんはずっと監禁されていたの？」

　氷川が張りのある声で尋ねると、卓はきょとんとした面持ちで答えた。

「知りません」

「今回、罠を仕掛けるために杏奈さんの遺体は長野の別荘に運ばれたの？」

「わかりません」

「杏奈さんはどこから運ばれてきたの？　亡くなるまで杏奈さんは裕也くんと一緒に監禁されていたんじゃないの？　橘高さんや裕也くんを運ぶより、杏奈さんの遺体を運ぶほうが合理的だよね？　ここ最近、別荘に出入りした人や車は？」

　裕也の監禁場所がどこなのか、ほんの些細《ささい》な手がかりから辿り着けるかもしれない。氷川の矢継ぎ早の質問に、卓は左右の手を大きく振った。

「俺が知るわけないでしょう……ただ、本当に何もない山なんです。山に建っているのは秋信社長所有の別荘が二軒、小さな山小屋が三軒、それくらいです。住み込みの管理人がいるのか、いないのか、わかりません。人に聞きたくても、聞く人がいません。野生のイノシシやクマがいるようで危険です」

　思うところがあったのか、祐はそそくさと長野県の大きな地図を広げた。ついで、デスクトップパソコンのモニター画面に、山の中腹に建つ秋信所有の別荘をアップさせる。卓の説明通り、別荘の周囲には何もない。山自体、温泉や湖など、これといったものがないところだ。

「別荘が二軒、小さな山小屋が三軒、管理人の有無、ちゃんと調べたの？　見落としていない？」

「だから、人に聞きたくても、聞く人がいないんですよ。箱根の山奥よりずっと寂しい」

卓の口ぶりから長野の山中の雄大でいて寂しい風景が容易に浮かび上がる。

「どうして秋信社長はそんな辺鄙《へんぴ》な山を買って、別荘を建てたの？　せめて温泉がある山にしたらいいのに……あ、名取会長から相続したばかりの山と物件だね？　税金対策なのかな？」

氷川が素朴な疑問を口にすると、卓は降参とばかりに天を仰いだ。

「俺に聞かないでください」

「卓くん、眞鍋組総本部に殴り込むなら、長野の山を調べてほしい。隣の山でもいいから、近くに住んでいる人にも聞いてみて。高速を使って杏奈さんの遺体を運んだのなら、どこかに何かが残っているんじゃないかな？　それから、秋信社長が所有している別荘、ひとつ残らず入念に調べ直して」

するることはたくさんあるんだよ、と氷川は清和をぎゅっと抱き締めながら、卓に捲し立てた。

「……姐さん？」

「ショウくんはどこに監禁されていたの？　ショウくんは那須《なす》の別荘に監禁されていたの？　ニンニクとギョーザはどんな意味が込められていたの？」

当初、ショウは加藤に囚《とら》われていた男のひとりだ。清和を見限って加藤の舎弟になったのだと、ここぞとばかりに言い触らされた。

「ショウはニンニク入りのギョーザに釣られたそうです」

眞鍋組の初代組長がとうとう息を引き取った日、ショウはいつもと同じように氷川を勤務先に送り、眞鍋組のシマに帰った。そして、お気に入りのギョーザ屋の店主夫人に声をかけられたそうだ。

『ショウくん、新製品を研究中なの。味見してくれない？』

目の前に焼き立てのギョーザが差しだされたら、ショウは尻尾《しっぽ》を振って飛びつく。

『OK、ギョーザにはニンニクだっ』

『うん、うん、新製品にはショウくんを意識してニンニクを特別多く入れているのよ。特製の調味料も入れたからちょっとエグいかな？』

店主夫人が懸念したように、ギョーザには違和感があったものの、ショウは猛スピードで咀嚼《そしゃく》した。

『……ん？　ん？　ん？　普通のニンニク入りギョーザのほうが美味《うま》いかな。特製の調味料っていったい……なん……だ……あれ？　……あ？』

新製品のギョーザをいくつも食べていると、突然睡魔に襲われたという。ショウはギョーザ屋で意識を失った。目覚めた時、手錠がはめられ、足には錘《おもり》がついていた。すぐにギョーザに薬物が混入されていたと察し、だいぶ長い時間、眠らされていたことにも気づいた。

結婚を考えていた美紀《みき》が、ショウの隣で泣きじゃくっている。

『……美紀？　美紀？　どうした？』

暴力を振るわれたのか、美紀の唇の端は切れ、頬には見るも無残な殴打の跡があり、ニットのワンピースの裾《すそ》はほつれていた。

『……ショウくん？　ここはどこ？　いきなり囲まれて連れてこられたの……怖い……ショウくん、助けて……わけがわからない……』

『絶対守ってやるから安心しろ』

並んだシングルベッドが二台、広々とした部屋の中央に置かれ、ライティングビューローには新約聖書が立てかけられ、ドレッサーには封切り前の化粧水と乳液の瓶がある。ショウは冷静に辺りを見回したが、どこかの瀟洒《しょうしゃ》なペンションの一室のようなムードがあった。

カーテンが閉め切られた窓辺に近寄った時、ドアが開いたかと思うと、加藤が体格のいい舎弟たちを連れて現れた。背後には子供を抱いた典子がいる。

『ショウ、俺を覚えているか？』

　加藤は抜き身の日本刀を手にしたまま、ショウにのっそりと近づいた。美紀は悲鳴を上げつつ、ショウの背中に隠れる。

『……加藤さんの息子？　橘高のオヤジの名前の一文字をもらった正士《まさし》さん？　加藤正士さんですか？』

　ショウが加藤の名前について言及すると、心なしか、周囲の空気が緩んだ。手のつけられない性悪の不良息子として、眞鍋組内部では有名だったが、橘高には可愛《かわい》がられていたのだ。

『そうだ、橘高のオヤジの一文字をもらった正士だ。お前を始末するのは惜しい。俺の舎弟になれ』

　清和の宿敵の藤堂《とうどう》にしてもそうだが、加藤も韋駄天《いだてん》のショウを欲しがった。命知らずの特攻隊長は何ものにも代えがたい財産になる。言い換えれば、命知らずの特攻隊長を持たない大将は成功しない。

『俺は橘高清和の盃をもらった』

　決まりきったことだが、ショウは清和に命を捧《ささ》げている。加藤もショウの返事を予想していたらしく、激昂《げっこう》したりはしなかった。

『初代組長が意識を取り戻して、橘高清和の二代目組長を廃嫡《はいちゃく》した。俺が三代目を襲名した』

『眞鍋の組長が誰になっても俺は交わした盃を返さない』

ショウが清和への忠誠を宣言すると、加藤は抜き身の日本刀の先を裕也を抱いた典子に向けた。

数多の修羅場を乗り越えてきた典子は、日本刀を突きつけられても怯《おび》えない。裕也が日本刀を目にしないように抱き直した。

『ショウ、俺の舎弟になったほうが身のためだ。俺はお前を始末したくない。お前の女も始末したくないいんだ』

『なんで、ここに典子姐さんと裕也がいるんスか？』

ショウは単純単細胞の代名詞と化しているが、幹部候補に名前を連ねるだけあり、そんなに愚かな男ではない。瞬時に現状を把握した。

『典子姐さんは俺の組長襲名を祝うために来てもらった。橋高顧問も安部さんも俺の舎弟だ』

『……まさか、裕也を？　母親の杏奈さんは？　裕也と杏奈さんを人質にとって脅《おど》したのか？　美紀まで人質か？』

裕也や杏奈を人質に取られたら、典子も橋高も安部も逆らえない。そのうえ、美紀まで監禁されている。

『ショウ、俺の舎弟になれ。それですむ』

ショウは加藤ではなく裕也を抱いている典子に声をかけた。

『典子姐さん？　杏奈さんはどこにいるんですか？　無事なんですね？』

『無事でなきゃ、私は死んでも許さないよ。殺すなら、橘高か私にしておくれ。なんなら、橘高とまとめて殺してもいい』

典子が静かに凄《すご》むと、加藤は軽く笑った。

『典子姐さん、相変わらずだ』

橘高夫妻に可愛がってもらった記憶があるからか、加藤は典子に危害を加える様子はなかった。典子が抱き続けている裕也も大事に扱われている。ショウの懸念は杏奈と美紀だったという。

この場で加藤に逆らっても、人質に危機が及ぶだけかもしれない。安部が加藤の舎弟として先頭で働いていると知り、ショウはおぼろげながら清和に仕掛けられた罠の輪郭に気づいた。また、全面戦争に踏み切れば眞鍋組が真っ二つに割れ、ほかの暴力団にシマを取られてしまう。眞鍋に内紛を起こしてはいけない、という安部や橘高派の舎弟たちの苦渋の選択も察した。

だからこそ、ショウは加藤に恭順の意を示し、命令されるまま清和討伐に立ったという。

そこまで語った卓の額には、大粒の汗が噴きでていた。おそらく、立っていることが辛くなったのだろう。

「卓くん、疲れたんでしょう？　座ったら？」

氷川は着席を促したが、卓は首を振って強がった。

「いえ、気力体力ともに充実しています」

「俺は馬鹿じゃない、っていうショウくんみたいな嘘をついても……ううん、今回、ショウくんは馬鹿じゃなかったみたいだね」

氷川の舎弟を名乗る桐嶋《きりしま》組の組長である桐嶋など、加藤や京子からの協力要請をけんもほろろに拒んでいる。馬鹿なんていう言葉ではすまされない。

「人質が取られていたから、ショウは身動きが取れなかったそうです。機会を窺《うかが》っていたとか」

意識を取り戻したら、たとえ見張られていても、そうそうおとなしくはしていない。ショウは泣き続ける美紀を慰めつつ、監禁場所から脱出するチャンスを狙ったという。彼の最大の美点は決して諦めないところだ。

「ショウくん、自分が監禁された部屋がどこかわからないの？」

「那須にある秋信社長の別荘だろう、とは言っていました」

那須にそれらしい別荘があったものの、すでに誰もいなかった、と氷川も耳にしている。ショウは薬物入りのギョーザで眠らされ、那須の別荘に運ばれたのだろう。その時、那須の別荘には典子も裕也もいた。

「裕也くんや典子さんは那須の別荘から移動させられたの？」

氷川は脳裏に地図を浮かべて、那須と長野を結んだ。那須と眞鍋本家や眞鍋総本部とも結んでみる。近くはないが、そんなに遠くないのかもしれないが、素人の氷川には判断がつかない。

「たぶん」

「どこに？」

「俺が知りたいくらいです。バカラや木蓮の情報網にもひっかからないと言っていました」

卓が語気を強めると、氷川は大きく頷《うなず》いた。

「橘高さんも典子さんや裕也くんと一緒なんだね？」

「ショウは一度も橘高顧問を見かけなかったそうです。ふたりが接しないように注意していたのかもしれません」

ショウは加藤に忠誠を誓ってからも美紀と同じ部屋で監禁され続け、橘高の姿は一度も目にしていないそうだ。典子と裕也はべつの部屋に閉じ込められていたという。

「何かおかしい。納得できない」

氷川が思案顔で唸《うな》ると、卓は高らかに言い放った。

「そういうもんです」

「ひとまず、典子さんが裕也くんを守っている。それだけは間違いない。ここで典子さんと裕也くんを見捨てて自爆している場合じゃないよ」

氷川は清和に張りついたまま、卓を真っ直ぐに見据えた。

「姐さんは何も考えず、パンツを脱いでください。俺が行きますから」

卓にしても氷川に求める役目はひとつだ。兵隊が全滅しようとも、清和さえ無事ならばいくらでも立て直せる。

「卓くん、だから、君にはやることが山ほどあるんだよ。美紀さんはどうなったの？」

ショウに美紀を紹介された時にどうして気づかなかったのか、氷川にはそちらの後悔も大きい。

「知りません」

卓の表情には美紀に対する嫌悪感《けんおかん》がありありと現れていた。

「ショウくんは美紀さんの裏に京子さんがいることを知っているの？」

ショウは恋人ができると同棲《どうせい》するが、いつも判で押したように決まって逃げられてしまう。美紀に関しては、最初から結婚すると宣言している。

「知っています」

「ショックを受けていた？」

「ショウの女関係はよくわかりません。けど、美紀は最後までショウを騙し続けようとしたらしい」

　ショウがヒットマンとして箱根に向かう時、美紀は人質として囚われていた。必ず戻ってきて、と美紀に涙ながらに送りだされている。

「美紀さん、今はどこで何をしているのかな？　ショウくんを眠らせたギョーザ屋は見つかったの？」

　ギョーザ屋の店主夫人には京子の息がかかっている。ひょっとしたら、何か知っているかもしれない。

「姐さん、ですから、人手が足りないんです」

「人手が足りないんだったらなおさら、ひとりも失ってはいけません。大事に使いましょう。千晶くんの手を借りるなんてよっぽどです」

「千晶か千鳥《ちどり》さんか、究極の選択でした」

　卓が苦しそうに俯《うつむ》くと、スマートな策士は苦渋に満ちた顔で頷いた。千晶か千鳥か、息子か父親か、頭の中身はさして変わらない。女性に騙された回数は父親である千鳥が圧倒的に多かった。

「究極すぎます……けど、清和くん、リキくん、殴り込みなんかに行かせないからね。殴り込みに行くなら僕を殺してから行きなさい」

決まりきったことだが、清和は氷川を殺すどころか手も上げられない。リキや卓にしてもそうだ。

「………」

「じゃ、秋信社長が所有している物件、すべて洗い直そうか」

氷川が意志の強い目で言った時、杖をついた信司がひょっこりと顔を出した。摩訶不思議《まかふし》議《ぎ》の冠を被る信司だが、普段と違って緊張気味だ。

「失礼します。桐嶋組長が関西の長江《ながえ》組のヒットマンに刺されました」

信司の報告を聞き、氷川は言葉を失ったが、清和やリキはまったく動じない。祐はデスクトップパソコンのキーボードを一心不乱に叩いている。

神戸に本拠地を置く国内最大の広域暴力団の長江組は、以前から清和が統《す》べる不夜城および桐嶋組のシマを狙っていた。眞鍋組と桐嶋組は氷川を挟んで一心同体、正確に言えば、眞鍋組の力があってこそ桐嶋組のシマが保たれていたのだ。それなのに、桐嶋が三代目組長の加藤の手を拒んだため、桐嶋組はあちこちから攻められている。中でも一番凄まじいのは因縁のある長江組だ。

「桐嶋組長はヒットマンが刺したぐらいでは殺せない」

リキが平然として言うと、信司は杖を握り直した。

「はい、桐嶋組長はドスを腹に刺したまま、ヒットマンを半殺しにしました。今、桐嶋組のシマでは長江組の兵隊が暴れています」

共存を掲げた大親分の下《もと》、関東の暴力団は結束して長江組の進出を拒んできた。しかし、今回、眞鍋組の騒動で穴ができた。

「長江組が本気で戦争を仕掛けたら桐嶋組は二十四時間保たない」

長江組の苛烈さは尋常ではなく、暴力団組織の一本化を狙って邁進《まいしん》していた。当然、眞鍋組のシマにも長江組の構成員はうろついている。ただ、ほかの組織の男が多いから、長江組の構成員が目立たないのだ。

「桐嶋組長、すっごく強いみたいです。怪我しているのに」

桐嶋の強さは折り紙つきだが、長江組にひとりでは太刀打ちできない。多勢に無勢、時間の問題だ。

「長江組のほうが上手だ」

リキが感情を込めずに評すると、清和が忌々《いまいま》しそうに口を開いた。

「長江組は藤堂が抑えたんじゃないのか？」

長江組は桐嶋組のみならず眞鍋組も狙っていたし、その力もあるが、藤堂が大金を積んで引かせる密約が交わされていた。リキや祐が、佐和の書いた京子と清和復縁のシナリオに賛成した理由のひとつである。

「桐嶋組長が原因で長江組が抑えられなかったのかもしれない」

桐嶋の組長にあるまじき無鉄砲ぶりに、度肝を抜かれたのは一度や二度ではない。

「それで、桐嶋組のさっちゃんに助けてくれ、って頼まれました。助けてあげたいんですけど助けに行っていいですか？」

信司は桐嶋組の若手構成員と親交があり、救援コールを受け取ったらしい。清和やリキにしても、桐嶋組を助けたいのは山々だ。ここで桐嶋組まで潰されたら、最悪の事態を招きかねない。

「リキ、藤堂を呼びだせ」

清和が指示する前に、リキは藤堂の携帯電話の番号を押していた。藤堂は信頼できる男ではないが、桐嶋が絡むと話はべつだ。

コール一回で藤堂は応対したらしく、リキが淡々とした様子で話しかける。

「……松本力也です。時間がないので……はい、お聞き及びですか。話が違いますが、どういうことですか？　……はい…………はい……はい……藤堂さん、桐嶋組長の前に顔を出してやってください。それですみます……うちの姐さんでも桐嶋組長は抑えられません。はい、お願いします」

リキが携帯電話を切るや否や、清和が冷たい目で責めるように聞いた。

「藤堂はどんな言い訳をした？」

「藤堂は約束通り、長江組に金を積んで抑え込みました。やはり原因は桐嶋組長でした」

なんでも、水面下では藤堂と長江組総本部の取引がまとまったらしい。昨今の大不況の嵐《あらし》は長江組も食らっていて、藤堂がちらつかせた大金を無視できなかったのだ。もちろん、桐嶋はそんな裏取引を知らない。桐嶋は桐嶋組のシマから引き上げようとした構成員たちを病院送りにした。運悪く、その中には長江組の次期組長候補として目される幹部がいた。自身のメンツに関《かか》わるだけに、桐嶋を見逃すわけにはいかない。結果、鎮まりかけた争いに火がついた。

「桐嶋組長らしいな」

清和が感嘆混じりに漏らした言葉には誰もが同意した。

「桐嶋組長は藤堂が助っ人として送り込んだイジオットのメンバーも叩き返した」

藤堂は桐嶋の窮地を見かね、共闘しているロシアン・マフィアのイジオットの精鋭を桐嶋組のシマに忍ばせた。言うまでもなく、藤堂は桐嶋に一言も告げていない。公言できない何かがあるのか、藤堂は頑《かたく》なに桐嶋と会おうとはしなかった。

氷川の舎弟を名乗る桐嶋は、清和の舎弟以外の手は借りない。こともあろうに、味方であったイジオットの精鋭を叩きのめした。

『……ミカタ……ミカタ……タスケニキタのに……』

『俺に金髪の知り合いなんておらへん。金髪さんや、さっさと自分の国へ帰れ。ここは俺が氷川の姐さんから預かったシマや。誰にも渡さへん』

イジオットの幹部であるウラジーミルは、桐嶋に憤慨しているという。一歩間違えれば、桐嶋組にイジオットから総攻撃がかかる。イジオットにしてみれば、日本進出のために総攻撃を仕掛けたいだろう。

「……桐嶋さんは何をやっているの」

あまりにあまりな桐嶋らしさに、清和のみならず氷川も頭を抱え込む。もう少し桐嶋が上手《うま》く立ち回ってくれれば、この事態は回避できたかもしれない。

「姐さん、藤堂にどんなに頼まれても桐嶋組長を説得しようなんて思わないでください」

リキに真摯《しんし》な目で注意され、氷川は苦笑を漏らした。

「リキくん、藤堂さんはそんなことを僕に言ったの？」

関西の名家の子息とヤクザの息子、藤堂と桐嶋は生まれも育ちもまるで違う。紆余曲折《うよきょくせつ》あっても、根底に流れる信頼は変わらない。この世に不変はないけれども、ふたりの絆《きずな》は揺らがないだろう。

「はい」

「藤堂さんも馬鹿だ。桐嶋さんは藤堂さんが会って話をすればいい。どうして藤堂さんは桐嶋さんに会わないの？」

藤堂の情報を摑んだら、桐嶋はどこであれ飛んでいった。眞鍋組が藤堂を始末したという偽情報が流れた時、桐嶋は清和に銃口を向けている。桐嶋を制御できるのは藤堂しかいない。

「桐嶋組長が姐さんに命を捧げているからでしょう」

リキがなんでもないことのように抑揚のない声で言うと、清和からピリピリとしたものを感じる。

「リキくん、どういうこと……っ？」

突然、船が大きく揺れて、氷川は倒れそうになったが、すんでのところで清和に支えられる。

「……うわっ」

祐はマウスを手にしたまま椅子《いす》から転げ落ち、卓が慌てて駆け寄った。

「祐さん、大丈夫ですか？」

「……不覚」

祐はしたたかに腰を打ち、秀麗な美貌《びぼう》を醜く歪めた。

氷川の細い身体は清和に守るように抱え込まれている。彼の逞しい腕がなければ、氷川は立っていられない。

「リキくん、海賊なの？」

海賊に襲撃される日本国籍の船が氷川の瞼《まぶた》に浮かび、裏返った声でリキに尋ねた。名取グループの船が海賊に襲われて被害に遭っていたが、裏では清和率いる眞鍋組が僅《わず》かなりとも関係していた。海賊にもさまざまなタイプがあり、清和と親交のある海賊ばかりではない。

「ここで海賊が出たら日本は終わりです」

横浜港を出港し、だいぶたっているはずだが、まだ海賊船が跋扈《ばっこ》する海域ではないのだろう。今現在、どこら辺を進んでいるのか、氷川には見当もつかなかった。清和も海には詳しくない。

凄まじい船内の揺れに、祐は口元を押さえている。スマートな策士は実戦ではまるで役に立たない。

「祐さん、大丈夫ですか?」

卓が心配そうな顔つきで気遣うと、祐は男としてのプライドが軋《きし》んだらしく言い返した。

「卓、食べすぎだから気にするな」

大食漢《たいしょくかん》揃《ぞろ》いの男たちの中で唯一、食が細くて痩《や》せ細《ほそ》っているのが祐であった。まずもって食べすぎはない。

「祐さん、こんな時にそんな意地を張らなくても……」

「……食べすぎ」

「本当に食べすぎだったらよかったっスね。なんも食えなくなっているくせに……」

卓でなくても祐の意地っ張りには呆《あき》れるが、今は誰も口を挟む余裕がない。船内は派手に揺れ続け、今にも家具がひっくり返りそうだ。

海賊でなければ加藤派か、と氷川はリキに訊いた。

「加藤派の襲撃なの？」

海上で襲われたら、そう簡単には逃げられないし、船内には怪我人ばかりだ。氷川は清和の腕の中で身体を竦《すく》ませた。

「海が荒れだしたのでしょう」

リキの言葉を聞いた瞬間、氷川は驚愕で目を大きく見開いた。

「……海？」

確かに、加藤派の襲撃ならば銃声が派手に鳴り響いているはずだ。すでに船内のあちこちで火の手が上がっているだろう。

「今夜は嵐のようです」

天気予報は当てにならない、と祐は卓に掴まりながら口汚く罵《ののし》った。

「台風なんて季節じゃない」

あまりの揺れの大きさに、氷川も清和に抱きついたまま文句を零《こぼ》した。ひとりでは立っていられない。

「姐さんがさっさとパンツを脱がないから海の神が怒って荒れているんです」

祐にやつあたりのようなセリフを吐かれ、氷川は目を吊り上げて応戦した。

「僕は脱ごうとしたんだよ。清和くんが無視したんだ」

「情けない、清和坊ちゃまはそれでも男ですか。清和坊ちゃまのお父上は美女とヤってから殴り込みましたよ」

祐はこれ以上ないというくらい嫌みな口調で、清和の実父である初代組長の過去に言及した。どうやら、喋《しゃべ》ることで気を紛らわし、船酔いを吹き飛ばそうとしているらしい。

清和が口を真一文字に結んでいるので、氷川が代わりに初代組長の話題に乗った。

「橘高さんじゃなくて亡くなった初代組長だね？」

「そうです。清和坊ちゃまのお父上は殴り込みの前はお約束のように美女を呼びつけました。一番のお気に入りは香坂《こうさか》の母親のマリアです」

突然、なんの前触れもなく飛びだした名前に、氷川は瞬《まばた》きを繰り返した。

「……マリア？　香坂？　香坂って加藤さんの下で若頭になった香坂？」

香坂は加藤を馬鹿にしている気配があるが、だからといって、京子に忠誠を誓っているわけでもない。だが、京子の手腕は認めているようだ。香坂はまったく内心が読めなかった。

「はい、姐さんにモーションをかけている香坂です。ホモではないけど、姐さんを戦利品として欲しいみたいですね」

「香坂さんのお母様……まさか、初代組長の愛人だった？」

清和の実母は初代組長の愛人であり、それ相応の扱いをされていたという。実母が立場を弁《わきま》えていれば、清和は初代組長の息子として生活には困らなかっただろう。女性が好きだったという初代組長ならば、清和の実母のほかにもたくさんの愛人がいたはずだ。ひょっとしたら、清和のほかにも愛人に産ませた子供がいるかもしれない。

「香坂の母親はコールガール……まぁ、売春婦でした。マリアはいろいろな国の血が混じっているからか、若い頃はすっごい美女だったという噂《うわさ》です。初代組長は特別チップをはずんでいたみたいです」

「……売春婦？」

「売春婦が妊娠して、堕《お》ろせずに出産して、一番懐《ふところ》の大きい男に養育費を迫りました。香坂の実母と初代組長のロマンスです」

「……え？　香坂さんは初代組長の実の息子？　なら、清和くんと異母兄弟？　初代組長の子供は清和くんしかいないって聞いたよ？　そうじゃないなら、清和くんがわざわざ跡を継がなくてもよかったでしょう？」

氷川が大きな波にも負けず、一気に喋り終えると、その場にいた男たちはそれぞれシニカルに口元を緩めた。

「姐さん、今、ここで言うことじゃありませんが、初代組長の血を引いている子供は清和坊ちゃまだけです」

幸運にもルックスは似ていませんが、と祐は際立《きわだ》つ清和の容姿を褒《ほ》めた。どちらかといえば、清和は大柄な美女だった実母に似ている。

「でも、初代組長は養育費を払っていたんでしょう？」

妻とは離婚したら他人だが、自身の子供は違う。それなのに、妻に引き取られた子供の養育費を支払わない夫が多い。子供を抱えて無理をして、身体をこわした母親を、氷川は何人も診《み》てきた。

「香坂は初代組長の実子ではない、と断言してもいいでしょう。初代組長も自分の子供ではないと知っていながら、養育費を渡したんだと思いますよ。子供を抱えた売春婦に同情したんでしょう。売春婦の子供に同情したのかもしれませんが」

恋人が妊娠したら逃げる男の話は、今も昔も変わらずにあちこちに転がっている。この世の中にはそんな優しい男がいるのか、氷川は感動するより仰天してしまう。

「……初代組長ってそんなお人よし？」

「武闘派で鳴らした極道は意外と人情家なんです」

祐は茶目っ気たっぷりに言ったが、氷川もそういう大きな男には心あたりがある。

「それは橘高さんと安部さんで知っているけど……香坂さん、それじゃ、初代組長は恩人でしょう？　なんで、恩人の息子を苦しめるの？」

加藤より香坂のほうが優秀なことは間違いない。たぶん、加藤にはシナリオを書いたのは京子だが、忠実に実行しているのは香坂だろう。シナリオを実行する力がない。

「香坂は初代組長を恩人だと思っていないのかもしれません」

祐は掻《か》き集《あつ》めた情報で香坂の心の鬱屈《うっくつ》を解き明かそうとした。

「なぜ？」

「初代組長の抗争のとばっちりを食らって、実母が死んだと思っているんじゃないですか？」

暴力団の抗争で巻き添えを食らった一般市民が亡くなる事件は少なくはない。痛ましい話には当の暴力団関係者も苦悩していた。

「抗争のとばっちり？」

「香坂の母親が甘かったんですよ。当時、初代組長と争っていたヤクザも客だったんです。逆上したヤクザに殴られて、打ち所が悪くて亡くなりました」

売春婦には売春婦のルールがあるし、それなりのセオリーもあるはずだが、香坂の母親は怠ってしまったのかもしれない。

「……そんな」

「売春婦の死に方としては珍しくありません」

祐の言葉は辛辣《しんらつ》だが現実を如実《にょじつ》に物語っている。一昔前も今も身体を売る女性の危険はさして変わらない。売春を軽く見て、安易に飛び込む一般女性は、泥沼の生き地獄を彷徨《さまよ》うだけだ。

「祐くん、そんな言い方はないでしょう」

氷川が悲痛な顔で咎《とが》めた時、一際《ひときわ》大きな波が船を襲った。今にも家具やテーブルが転倒しそうな雰囲気だが、危惧していたことにはならない。壁にかけられている絵画も落ちそうで落ちなかった。

「向こうの部屋にいる怪我人……大丈夫なの？　医療器具は？　点滴中の子もいたよね？　医療器械が倒れたら……」

大きな波に触発されたのか、突風に呼び起こされたのか、氷川に医師としての使命感が湧《わ》き上《あ》がる。怪我人が並んだ部屋に一歩踏みだした途端、氷川は大きく揺れる床で体勢を崩した。

「危ない」

清和に支えられていなければ、顔から床に滑り込んでいただろう。当分の間、海は荒れそうだ。

ぎゃーっ、海坊主ーっ、と怪我人がいる部屋から千晶の素《す》っ頓狂《とんきょう》な声が響いてきた。何かを知らせるベルの音も聞こえる。

「心配でたまらない」

氷川が視線を開けっ放しの扉に向けると、清和はいつもよりトーンを落とした声で言った。

「じっとしてろ」

清和に拘束されるように抱き直されたが、氷川はシャープな頬を軽く叩いた。

「僕は医者だよ。じっとしていられるわけないでしょう」

「……おい」

「清和くんは殴り込みなんて考えず、リキくんや祐くんと一緒に秋信社長の別荘を洗い直して……ううん、船が沈まないようになんとかして。誰が船を動かしているの？　大丈夫なの？　ぼやぼやしないで」

氷川は一呼吸置いてから卓に視線を流した。

「卓くん、僕の助手について。誰も死なせたりはしないから」

氷川が目を潤ませて言い切ると、卓は真剣な顔でコクリと頷いた。清和やリキも渋面だが、文句はいっさい口にしない。

「卓くん、海はどうすることもできないけど、怪我人はなんとかなる。嵐なんて鎮めようがないからね」

本当の海の嵐に比べたら、不景気の嵐は可愛いものだ、と名取グループの酒席でのたまった船長がいたという。その場にいた名取グループの関係者からブーイングを食らったそうだが、今ならば氷川にはその船長の気持ちがよくわかる。

「はい、戦争で死ぬならともかく、嵐で死ぬのは洒落《しゃれ》になりません」

ここで船が沈んだら加藤や京子を喜ばせるだけでなく、いたるところから笑い者にされるだろう。

「そういうことを言っているんじゃないんだけど」

「芦ノ湖《あしのこ》の嵐なんて可愛いもんです」

「そりゃ、芦ノ湖とはスケールが違う。こっちは海だから」

氷川は卓に先導され、怪我人が並んでいる部屋に向かった。前途多難、の文字が目前にちらつくが、決して屈服したりはしない。

4

海の嵐《あらし》は乗り切ったが、陸上の嵐は鎮《しず》まる気配がない。深夜でも芳《かんば》しくない情報ばかり舞い込み、清和《せいわ》の殺気で船が沈没しそうな有り様だ。

翌朝、氷川《ひかわ》はネクタイを締めると、周囲の男たちに念を押した。

「手筈《てはず》は覚えているね？」

氷川の言葉に答えたのは、今にも三途《さんず》の川を渡りそうな祐《たすく》だ。

「覚えていません」

「覚えていないとは言わせない。僕が攫《さら》われそうになったらそのまま攫わせる。人質になるから」

氷川は何事もなかったように出勤し、京子《きょうこ》と加藤《かとう》を煽《あお》るつもりだ。拉致《らち》されて監禁されるのならばそれでいい。裕也《ゆうや》が監禁されている場所に連れていかれるように仕向けるまでだ。ＧＰＳ機能は靴とシャツに仕込んだ。

「恐ろしいことを言わないでください」

議論するまでもなく、誰も氷川を囮《おとり》にしたくない。

「きっと僕が危険になったらシャチくんが助けてくれるよ。シャチくんを待とう」

元《もと》諜報部隊《ちょうほうぶたい》随一の腕利《うでき》きは妹婿《いもうとむこ》が秋信《あきのぶ》社長の秘書だった関係で、心ならずも清和を裏切り、タイで仲間を死に追いやった。けれど、清和や氷川に対する気持ちは薄れていないはずだ。以前、氷川が秋信社長の手に落ちた時、どこからともなく現れたシャチが助けてくれた。

「シャチは海外に逃げた可能性が高い」

いづらくなったのか、目的があるのか、深い意味はないのか、シャチは国内にいないという。

氷川はシャチは妹を陰から見守っているとばかり思い込んでいた。メリットやデメリットを重視する祐が関係しているような気がしてならない。

「祐くん、どうしてそんなにシャチくんをいじめるの。祐くんがいじめなきゃ、シャチくんは日本から逃げなかったんじゃない？」

「姐《あね》さん、俺に冗談を言っている余裕はありません。姐さんの仕事は清和坊ちゃまの前でパンツを脱ぐことです」

祐はしかめっ面《つら》の清和を指で示したが、氷川は怯《ひる》んだりしなかった。昨夜《ゆうべ》、氷川は清和に身体《からだ》を差しだそうとして拒まれたのだから。

「だから、肝心の清和くんが無視するから仕方がないでしょう。僕だって傷ついているんだよ。僕はもう……本当に歳《とし》だからね？　僕、老けたよね？　もう、老けた僕じゃいやなんだ」

清和を籠絡《ろうらく》できなかったから、氷川は少なからず動揺した。顔の表情や言葉は引き出せなくても、清和の下半身は正直に反応するものだと思っていたからだ。

「清和坊ちゃま、情けない、インポですか？」

祐が男としての沽券《こけん》を揺さぶると、清和は凜々《りり》しい眉《まゆ》を顰《ひそ》めた。

「……おい」

「清和坊ちゃまが姐さんを欲求不満にするから、姐さんが暴走するんですよ。自分から囮になるなんて」

祐が清和を責め立てたが、氷川は意見を曲げたりはしない。清和やリキが眞鍋《まなべ》組総本部に殴り込むより、ずっと効率的だし、手っ取り早い。ただ、スマートフォンを眺めているリキにしろ、真っ青な顔で逃げ去った卓《すぐる》にしろ、涙ぐんだ信司《しんじ》にしろ、誰ひとりとして賛成してくれない。

「やめてくれ」

清和は憮然《ぶぜん》とした面持ちで壁を叩《たた》いたが、氷川は床を踏みしめた。

「囮が駄目なら、僕が名取《なとり》会長を人質に取る。名取会長を人質に取って秋信社長に取引を持ちかける。わかったね？」

今夜、名取会長は清水谷《しみずたに》学園大学の学長が主催するパーティに出席する予定だ。財界や政界など、清水谷学園大学の卒業生はあらゆる分野で活躍しており、学長主催のパーティは一種の同窓会にも異文化交流会にもなっていた。ご多分に洩《も》れず、名取グループには清水谷学園の卒業生が少なくない。

氷川は清水谷学園大学の医局にも所属しているから、その気になればパーティに出席できる。研究費を募るために、パーティに出席する教授もいた。研究現場に限った話ではないが、どこの台所も逼迫《ひっぱく》している。

「よせ」

深夜、嵐の中で氷川が提案した作戦に、驚愕《きょうがく》したのは清和だけではない。数多《あまた》の修羅場を乗り越えてきた男たちが一様に同じ表情を浮かべた。

「僕は一般人です。一般人が一般人を拉致するだけ……ううん、名取会長とデートするだけ……誤解しないでほしい」

杏奈《あんな》の死と清和とリキとの殴り込みで、確実に氷川の頭のネジが飛んでいた。しかし、悪い計画だとは思っていない。目には目を、歯には歯を、ではないけれども、秋信社長に反撃してもいい頃だ。

「頼むからやめてくれ」

清和の制止の言葉など、氷川にとってはそよ風に等しい。

「僕は清和くんもリキくんも、誰もヒットマンにしたくない。誰も死なせたくない。荒療治もたまには必要だ。名取会長と秋信社長、自分たちが何をしでかしたのか、思い知ればいい」

氷川が感情を爆発させると、清和は息を呑《の》んだ。口下手な清和に成り代わり、祐が手を振りながら間に入る。

「姐さん、どこからそんな考えが出てくるんですか」

「一番汚いシナリオを書く祐くんだけには言われたくない」

「清和坊ちゃま、姐さんの欲求不満を募らせた罪は重いですよ。なぜ、パンツを脱がせなかったんですか？」

祐は話を昨夜に戻し、清和を茶化した。なんのために呼んだ、誰のために呼んだ、と祐は言外で清和を責めているのだ。

清和は憮然とした面持ちで黙り込み、リキがスマートフォンを眺めたままボソリと答えた。

「舎弟たちが死にかけているのに、自分だけ姐さんを抱いて楽しめない」

リキの言葉に氷川は納得したが、祐は吐き捨てるように言った。

「馬鹿《ばか》らしい」

氷川は清和の肩を軽く叩きながら、秋信社長への宣戦布告をした。

「清和くんたちが死に物狂いで闘っているのに、秋信社長がのんびり馬鹿高いワインを飲んでいることが許せない。思い知らせてやる」

秋信社長が高級ワインを楽しんでいる姿を直《じか》に見たわけではないが、上流階級に生まれ育った紳士としての生活は、眞鍋組のデータに綴《つづ》られていた。慎《つつ》ましく育った一般庶民から見れば贅沢《ぜいたく》な日々だ。

「……素人《しろうと》だ」

昔気質《むかしかたぎ》の極道の薫陶を受けているからか、玄人《くろうと》の清和はそうそう素人の秋信社長に仕掛けられない。決別したとはいえ、名取会長に対する恩義を忘れてはいない。

「うん、秋信社長は素人だ。だから、僕がやる。清和くんたちは黙っていて」

プロにできないならばアマで何にも縛られていない者が動けばいい。氷川はやる気満々だった。

「どうする気だ？」

「説明したでしょう？　千晶《ちあき》くんと千鳥《ちどり》さんの手を借りる。猫の手があれば名取会長は誘拐できる……本人にも周りにも誘拐したと思われなければいいんだから、千晶くんと千鳥さんはちょうどいいんだよ」

いくら氷川でも単身で名取会長を拉致できないことはわかっている。ちょうど、船には裏切る心配のない千晶が乗っているし、小田原《おだわら》には父親の千鳥がいる。千晶と千鳥は可憐《かれん》な外見とは裏腹に意外と腕力があるからちょうどいい。何より、ふたりともいろいろな意味でタフだ。

「絶対に止《や》めろ」

清和の一声で氷川が連れていた千晶は、リキが仏頂面《ぶっちょうづら》で引っ張っていく。当の千晶は自分が置かれた状況を把握していない。

「そろそろ行かないと仕事に遅刻するから行くね」

「おい」

氷川は運転手として指名した卓の手を摑《つか》んで駐車場に向かおうとした。だが、卓は碇《いかり》のようにビクともしない。氷川を乗せた船も横浜《よこはま》港は見えているが、桟橋《さんばし》に近づこうとはしない。

「僕に飛び込め、って言うの？」

氷川は卓や清和を睨《にら》みつけた後、やつれた頰《ほお》を手で押さえている祐を見つめた。

「姐さん、人魚姫にでもなるつもりですか？」

「僕は王子様のために泡にはならない。さっさと船を港につけて」

「姐さん、加藤《かとう》がチャイニーズ・マフィアの陳《ちん》とタイ・マフィアのルアンガイと手を組みました。手を組んだというより、眞鍋組のシマを譲ったんです。まとめたのはタイと中国の血が少し混ざっている香坂《こうさか》ですが、戦況はますます不利になりました」

眞鍋組のシマで暴れていたチャイニーズ・マフィアの陳とタイ・マフィアのルアンガイ

を抑えるため、香坂はみかじめ料が取れる大事な場所を譲渡した。情けないなんてものではないが、加藤をトップに据えた眞鍋組の行く末を案じ、決断したのかもしれない。最初から京子は眞鍋組の維持には興味がないように見える。

「そんなの？　元からでしょう？　ぼやぼやしていると、ロシアン・マフィアにシマを譲って、清和くんを狙《ねら》うヒットマンを借りるかもしれない」

「姐さん、手強《てごわ》い敵が増えたんです。ルアンガイも友好的に見えましたが、とうとう牙《きば》を剝《む》きました」

ルアンガイは眞鍋組と争いたくない、とルアンガイの日本の責任者はかつて公言した。眞鍋組と争ってもなんのメリットもないからだ、と。

昇《のぼ》り龍《りゅう》と虎《とら》の力が弱まった今、絶好の機会と捉《とら》えて、ルアンガイは方針を変えたのかもしれない。タイ・マフィアはルアンガイに限らず、平和的なようでいて好戦的であり、摑みどころがなくて侮《あなど》れないという。

「手強《てごわ》い敵がますます増える前に手を打とう」

氷川は救命用の浮き輪を手にすると、軽快な足取りでデッキに上がった。清和や祐が慌てた様子でついてくる。

「待て」

清和の短い言葉の後、祐が掠《かす》れた声で言った。

「人魚姫、寒中水泳でもする気ですか？　寒いですよ？」

背後から聞こえる声を完全に無視して進むと、救命用のボートが氷川の視界に飛び込んできた。

「ボートがついているんだね？　ボートで桟橋まで行けば泳がなくてもすむ」

氷川が独り言をボソリと漏らした時、清和と祐は息を呑んだ。けれど、ただひとり、艶《つや》のある声で賛同された。

「麗《うるわ》しの人魚姫のボートは俺に漕《こ》がせてください」

シンプルなデザインのスーツに身を包んだ京介《きょうすけ》が、風を受けて悠然と立っている。怪我《けが》の重さから考えれば、涼しい顔で立っていられないはずだ。

「京介くん？　起き上がって平気なの？　君はまだ絶対安静だ」

氷川が医師の目で咎《とが》めると、京介は高らかに言い放った。

「姐さん、遅刻しますから行きましょう。僭越《せんえつ》ながら俺が送ります」

誰もが二の足を踏んでいた氷川の捨て身の計画を、ナンバーワンホストの京介は支持している。ショウや宇治《うじ》との縁で眞鍋組と関係はあるが、京介は素人であり、義理や仁義に縛られていない。清和の度重なるスカウトはつれなく拒絶していたし、ほかの暴力団の誘いも拒んでいた。

「京介くん、ありがとう」

氷川が満面の笑みを浮かべて京介の手をぎゅっと握り締めた。底知れない能力を秘めている京介の協力があれば力強い。

「京介、お前もブチ切れているのか」

祐がズバリ指摘すると、京介は不敵に微笑《ほほえ》んだ。

「俺に手を出したのだから覚悟しているでしょう」

京介が素人とは思えないセリフを口にすると、祐と清和はシニカルに口元を緩めた。

京介の男としての矜持《きょうじ》が刺激されたようだ。いずれにせよ、氷川に京介がついたら止めようがない。

救命用のボートではなく、京介がハンドルを握る車で氷川は船から降りた。当然、祐の執拗《しつよう》な注意は右から左に聞き流す。

「京介くん、痩《や》せ我慢《がまん》もほどほどにしよう。病室を用意するから静養していてほしい。悪化するよ」

氷川は助手席に座り、隣で京介の顔色を眺める。一見した限りでは怪我を感じないが、彼は紛れもない怪我人だ。

「姐さん、そのお心遣いは無用です」

「倒れるのは裕也くんを助けてからにしようね」

京介だけでなく清和にしろリキにしろ卓にしろ、誰もが疲弊しきっていた。体力のない

祐など、倒れないほうがおかしい。

「その予定です」

「……じゃ、名取会長を誘拐する計画を練り直そうか」

氷川が決定事項として口にすると、京介はハンドルを右に切りながら答えた。

「姐さん、計画名が悪い。眞鍋の名誉のために、名取会長とデートする計画にしましょう」

「そうだね？　誘拐じゃなくてデートだよね？　デートだったら犯罪じゃない」

確かに、デートだと言い張るのもいい手だ。

「ジュリアスのオーナーの堪忍袋もそろそろ切れるはずです。協力させましょう」

京介が所属しているホストクラブ・ジュリアスのオーナーは、生き馬の目を抜く業界で勝ち続けている男だ。オーナー本人はカタギを名乗っているが、闇《やみ》の社会にも顔が利く。

「ジュリアスのオーナーはどこまで知っているの？」

「だいたい摑んでいるはずです。橘高《きったか》さんや安部《あべ》さんが清和さんを見限るなんて天と地がひっくり返ってもありませんからね。それとなく加藤の内部を探っていましたから、俺が箱根《はこね》の山でショウを拾えたんですよ」

ジュリアスのオーナーは加藤の三代目組長就任を祝福するふりをして、抜け目なく内情を調査していたという。数多の激闘を潜《くぐ》り抜《ぬ》けてきた男の手腕だ。

「ジュリアスのオーナーの機転で京介くんがショウくんを助けられたんだね。さすがだ」

「ただ、残念ながらオーナーは名取会長と一面識《めんしき》もないそうです」

真剣に計画を練り直し、意見が合致した時、明和《めいわ》病院の白い建物が枯れ木の間に浮かび上がった。決して無理はしない、と京介に約束させてから、氷川は車を降りる。風のきつさが半端ではないが、清和を取り巻く状況を思えばなんのことはない。

氷川は白衣に袖《そで》を通すと、患者でごったがえす外来の診察室に飛び込んだ。いつもとなんら変わらない光景が広がっている。

「私の顔を見たくないからって、嫁はイタリアなんかで正月を過ごすって言うんですよ。イタリアのホテルもリザーブしたんですって」

常連患者の嫁への鬱憤《うっぷん》を聞いた後、思いがけない人物が患者として現れた。警察のキャリアであり、将来を嘱望されている二階堂正道《にかいどうまさみち》だ。彼はリキこと高徳護国義信《たかとくごこくよしのぶ》と初代・松本力也《まつもとりきや》と親交があり、清和や氷川とも面識があった。

「……どうかされましたか？」

氷川が内心の動揺を隠し、医師として正道に対峙《たいじ》した。担当看護師は呼ぶまで診察室には入室しない。新患のカルテには名取新三郎《しんざぶろう》という名前が記されている。

「義信に連絡を入れましたが出ません」

旧知のリキに電話を入れても、無視され続けているのだろう。リキを諦《あきら》めきれず、恋《こ》い焦《こ》がれる正道は哀れだが、今はそんな場合ではない。

「今、いろいろと忙しいと知っているでしょう？」

氷川が声のトーンを落とすと、正道は冷たい声で淡々と言った。

「高徳護国晴信《はるのぶ》が日光《にっこう》を抜けだし、桐嶋《きりしま》組の構成員になっています。誉れある高徳護国流の次期宗主がヤクザに加勢をするなど、天が頭上に落ちてもあってはならないことです」

剣道で高名な高徳護国流の次期宗主である晴信が、桐嶋組のシマで木刀を振り回しているらしい。相手は苛烈《かれつ》さでは類を見ない長江《ながえ》組の構成員だ。

「……ど、どういうこと？」

氷川が驚愕で腰を浮かせかけると、正道の冷たい双眸《そうぼう》がさらに冷たくなった。

「それは私がお聞きしたい。誰のご紹介で次期宗主は桐嶋組組長と知り合いましたか？」

不可抗力だ、と氷川は言い訳をしかけたがすんでのところで止めた。結婚をいやがって日光の実家を出奔した晴信を、おおらかで優しい桐嶋に預けてしまった罪は大きい。意外なくらい晴信と桐嶋は意気投合した。

「ごめん、僕が引き合わせた。あのふたりはすぐに気があって、桐嶋さんは晴信くんのことを『アニキ』って呼んで……桐嶋組にしっくり馴染《なじ》んでいたんだ……知らない人が見たら、桐嶋組の構成員だ」

次期宗主として崇《あが》めたてまつられている晴信は、桐嶋組では有能な構成員として働き、若い舎弟たちに慕われていた。このまいてくれたらいいのに、と桐嶋は晴信を惜しんでいたものだ。当然、氷川は焦りまくり、清和やリキも困惑した。

「高徳護国は困り果てています」

鬼神と称《たた》えられた次男が虎の刺青《いれずみ》を背負ったヤクザになり、次期宗主である長男までヤクザになったら、名門の高徳護国流は間違いなく崩壊する。

「そうだろうね。桐嶋さんか誰かが晴信くんに救援メッセージを送ったの？」

氷川が予想した通り、晴信に心酔していた若い構成員が連絡を入れたらしい。助けを求められたら、晴信は黙っていられない。監視の目を掻《か》い潜《くぐ》り、戦争中の桐嶋組に真正面から入った。

『水臭いじゃないか。どうして俺を呼ばない？』

『アニキ？　日光でお殿さんしてなあかんやんか』

『弟分がやられているのに呑気《のんき》にお茶なんか飲んでいられるか』

晴信は木刀一本で長江組の構成員を次から次へと倒していったという。現場を見ていた私服刑事は高徳護国で剣道を学んだ剣士であり、止まりそうになった心臓を押さえて、日光の宗家に連絡を入れたそうだ。

高徳護国流宗主夫妻、主要門人、全員一致で結論を出した。

「以前と同じように、私に白羽の矢が立ちました」

兄の晴信と弟の義信ことリキ、ふたりに関係して優秀な人物は、正道のほかに誰もいない。腕っ節の勝負になった時、対抗できるのも正道ぐらいだろう。

「正道くんが晴信くんを連れて帰らなければならないんだね？」

前回、氷川が晴信のアルコールに薬を混ぜて眠らせた。ついでに、リキも眠らせて襲え、と薬を正道にプレゼントしている。

未《いま》だ正道がリキに一服盛って押し倒したという報告はない。

「高徳護国の存続に関《かか》わります」

「うん、次期宗主がヤクザ……ヤクザの大戦争……それも長江組相手に大戦争……一大事だよね？　警察は？　警察は？」

「警察は介入しません。以前、理由はお話しした記憶があります」

名取グループの圧力が警察にかかっている、と正道に告げられたことを思い出す。ただ、警察内に高徳護国流で剣を学んだ警察官が多いので、宗主の次男坊のリキがいる眞鍋組には甘かった。

「正道くん、わざわざ来て教えてくれたことがあったね」

氷川は感謝の意を示そうとしたが、正道につれなく遮断された。

「君はせっかくの忠告を台無しにしました。あの時、対処しておけばこのような事態は免《まぬか》れたでしょう」

氷の彫刻のような美男子の叱責《しっせき》は、診察室を一瞬にしてシベリアに変える。免疫がなければ、萎縮《いしゅく》してしまうだろう。

「僕に言わないでほしい。警察ではどんな情報が流れているの？　どうせ、人質が取られていることは摑んでいるでしょう？　監禁場所がどこか知っている？　秋信社長所有のキナ臭い物件は？」

そっと教えて、と氷川は囁《ささや》きながら正道の前に膝《ひざ》を突きだした。この際、どんな手がかりでもいい。

「君にはそんな愚かな考えが浮かぶのですか」

正道に侮蔑《ぶべつ》の視線を注がれ、氷川は心情を諺《ことわざ》に託そうとした。

「塵《ちり》も積もれば山となる、溺《おぼ》れる者は藁《わら》をも摑む……えっと、ほかに……」

「小手先に走っても時間の無駄です。名取会長からコンタクトがあり、名取画廊の名取新三郎氏をお連れしました。冷静に話し合ってください」

正道が背後に控えていた老人を、名取会長の亡き父の従弟《いとこ》だと紹介した。冷徹な正道の存在感が強すぎたからか、意表を衝《つ》かれたからか、氷川は今まで背後の老人に気づかなかった。

「アラブの皇太子相手に失態をしでかした際には、清和さんに助けていただきました。そのご恩は忘れておらん。清和さんに頭を下げて頼んでくれた満知子《まちこ》ちゃん……名取会長の気持ちも忘れておらん」

社長である名取新三郎が留守の時、名取画廊のスタッフが違う絵画をアラブの皇太子に納めてしまった。相手が相手だけに名取画廊の問題に止《とど》まらない。名取会長と新三郎の依頼により、極秘に絵画を本物とすり替えるため、清和は一度も失敗したことがないエビを甲府《こうふ》にいるアラブの皇太子の元に送り込んだ。

氷川もエビがアラブの皇太子と愛し合った経緯《いきさつ》は聞いている。言うなれば、目の前にいる名取画廊の新三郎がきっかけだ。清和やリキは新三郎から温かいものを感じたという。

「問題は名取会長ではなくドラ息子の秋信社長です」

なぜ、白い鬚《ひげ》を生やした老人がわざわざやってきたのか、氷川には尋ねなくてもわかった。

「名取会長は秋信社長を処分する。二度と経営には参加させない」

新三郎がしゃがれた声で言ったが、氷川は白い手を大きく振った。

「それこそ、口先だけの処分じゃないですか？　僕は名取会長に失望しました。いくら息子でも甘すぎる」

氷川が容赦なく名取会長を切り捨てると、新三郎はごそごそと牛革の鞄《かばん》の中を探りだした。

「ヤクザの嫁さんじゃな？　わしもそっちの礼儀に従おうかい」

新三郎が鞄から取りだしたのは年代物の小刀で、謂《いわ》れのある逸品かもしれない。どちらにせよ、診察室で出すものではない。

「何をする気ですか？」

一瞬、小刀で切りつけられるか、と氷川は身構えてしまった。京子に腕を狙われたトラウマかもしれない。

「極道は謝罪には指が必要じゃな？　わしの指をやるから清和さんの怒りを解いておくれ」

新三郎の意図を知り、氷川は呆気《あっけ》に取られてしまった。

「歳《とし》なんですから無理はやめなさい」

「指を詰めるのは大変だ……姐さんや、姐さんも医者ならば武士の情けで麻酔を打ってくれないか？」

いろいろと突っ込みどころはあるのだが、新三郎本人はあくまで本気だ。氷川は頭が痛くなってきたが、辛抱強く新三郎に対応した。

「麻酔を打ってどうするのですか？」

「麻酔を打ってから指を詰めたら痛くないと思ったんじゃが……姑息《こそく》な手段かのぅ？　痛みに耐えてこそ謝罪なのかのぅ？」

「麻酔が切れたらひどく痛むでしょう」

氷川が伏し目がちに指摘すると、新三郎は小刀を自分の指に押しつけた。どうやったら一気に切れるか、真剣に考えているようだ。

「痛み止めを処方しておくれ。わしはなんとしてでも清和さんに会わないといけないんじゃ。人生最後の頼み、余命少ない爺《じじい》の頼みを聞いておくれよ」

「僕は医者ですから、お年寄りの涙には騙《だま》されません」

「可愛い顔をしとる姐さんなのにどうしてそんなに意地悪なんじゃ。うちも秋信には困っておるんじゃ。このままだったら名取が潰《つぶ》れてしまう。名取の名の下に集った社員を守れん」

新三郎は戦争の悲惨さや戦後の苦悩を知っている苦労人であり、名取家に守られて安穏と生きてきたわけではない。名取グループを世界に羽ばたかせた重鎮のひとりである。老いてから趣味である画廊の主《あるじ》に収まった。

「秋信社長の粉飾決算は眞鍋から流れたお金で誤魔化せたのでしょう？　当分の間、無事なんじゃないですか？」

手筈通り、京子は清和名義の貯金をすべて秋信社長に渡したという。秋信社長はほっと胸を撫《な》で下《お》ろしたに違いない。

「意地悪せんでくれ。わしも名取会長も有馬《ありま》社長も呆れ果てたんじゃ……あ、名取商事の有馬社長も来ておる。一緒に指を切って、清和さんに届けてもらうつもりなんじゃ。クー

ル宅配便で送りたくても送り先がわからんからなぁ」

新三郎の口から出た名取商事の有馬社長の記憶は新しい。有馬社長の令嬢を救いだすため、清和やリキはタイに乗り込み、乗車していた車が爆破されたのだ。清和の訃報《ふほう》で氷川が組長代行に立った。

「名取商事の有馬社長……タイ・マフィアのルアンガイに娘さんが騙されて、清和くんやリキくんがタイに乗り込んだ事件ですね？」

あの時も大変だった、と氷川は現実逃避とばかりに記憶を辿《たど》りそうになったが、そんな場合ではない。

「有馬社長も清和さんと名取会長に頭が上がらん。もう一度、名取会長を信じてほしいんじゃ。そのためにはわしも有馬社長もなんでもする……いや、どうしたら信じてくれるか教えておくれ」

新三郎から嘘《うそ》は感じないし、昔気質な律儀さと誠実さを感じるが、いかんせん、秋信社長はひどすぎる。

氷川が思案していると、正道が冷たく口を挟んだ。

「氷川先生、時間がない。早急に橘高清和に連絡をつけたまえ」

新三郎にしても有馬社長にしても名取会長にしても、どんなに清和とコンタクトを取ろうとしても、応対してくれないという。清和は頑《かたく》なに名取グループとの接触を避けているのだ。

「なんの罪もない母と子が監禁されています。母親の遺体は秋信社長の長野の別荘で見つかりました。名取会長を人質にして、秋信社長に子供の監禁場所を聞きだす計画に協力してくれますか？」

信用を取り戻すために本当になんでもするのならば、新三郎や有馬社長の協力を仰ぐのは最良かもしれない。氷川が挑むような目で尋ねると、新三郎の顔色がさっと変わった。

「秋信社長の長野の別荘で遺体が見つかっただと？　長野のどこの別荘じゃ？」

名取会長の人質ではなく、秋信所有の別荘で反応するのか、と氷川は少なからず戸惑ったが、ありのままを話した。

「長野の山の別荘です。山全体、秋信社長が所有しているとか？」

「長野……山の奥の別荘かい？　真ん中ぐらいの別荘かい？」

新三郎の鼻息は荒く、ガタガタと下肢も痙攣《けいれん》している。

「……中腹の別荘だと聞いていますが？　何か？」

「こんな時だから包み隠さずにお話ししようかい。名取にとってその長野の山も二軒の別荘も特別大事なところなんじゃ。特に山奥のほうは最新の医療設備が整っておる」

話は名取会長の父親の代に遡《さかのぼ》り、まだほんの一企業として世界に飛びだしたばかりの頃だ。政治が安定していない国の権力者が病にかかったが、政敵や自国民に知られてはならない。名取会長の父親は、密《ひそ》かに治療するための場所として、空気と水のいい長野の山奥に医療施設を備えた強固な別荘を建て、権力者を迎えたという。そして、権力者の絶大な信頼を得て、ビジネスチャンスを摑んだ。

以後、口から口へと伝わり、ノイローゼに陥《おちい》った独裁者の奥方の治療、望まない妊娠をした王女の極秘出産など、名取会長は長野の山中で引き受けてきた。だからこそ、主義も信仰も異なる国でも成功したのだ。

どうして温泉も綺麗《きれい》な湖もない山を購入したのか不思議だったが、やっとその謎《なぞ》が解けた。治癒のために温泉や湖があったほうがいいことは確かだが、必要不可欠のものではない。また、いざという惨事を考慮すれば、ないほうがいいかもしれない。

「名取にとってそれほど大切なところで死人を出したのですか?」

トップシークレットどころか、加藤派の兵隊も知る場所になった。秋信社長の立場ならば、たとえ共闘している相手であっても明かしてはならない。まして、指定暴力団に明かしてはならない。おそらく、名取会長は清和に告げてはいなかっただろう。

「わしもショックでならん。その山荘を知っているのは名取でもほんの一握りの人間だけじゃ……わしの嫁も息子も娘も孫も知らんのに……秋信も知ったのは最近じゃないかのう」

秋信社長に後継者としての自覚を促すため、名取会長は長野の山中の別荘について明かし、譲渡したのかもしれない。とことん母の心がわからない息子だ。

「諦めがついた、やっぱり秋信に見込みはない。秋信はいざとなればわしが刺し違えてやる。その前に……」

新三郎が指に小刀を突き立てようとした瞬間、氷川は反射的にカルテで叩いていた。

「老人虐待で訴えられます。やめてください」

カルテで叩くこと自体が虐待だが、本気の新三郎を止めるにはそれしかなかった。外来の診察室でこんな行為に及んだのは初めてだ。

「面白いことを言うのぅ」

新三郎はカルテ攻撃を食らってもケロリとしている。今でも健康のために一日三時間のウォーキングを欠かさない矍鑠《かくしゃく》とした老人だ。

「僕、診察中なんです。まだ患者さんが残っています」

氷川は滅多に使わない名刺を取りだすとペンを走らせた。くどくど綴らないほうがいいだろう。一番冷静な祐くんと連絡を取り合ってください、という一文を記した名刺を無表情の正道に手渡す。

もし、正道や新三郎に不審な点があれば、京介は気づくかもしれない。祐に連絡を取るか、取らないか、客商売で人を見ることに長《た》けている京介に判断を委《ゆだ》ねた。

「院内に京介くんがいます。君のことだから京介くんも知っているでしょう。京介くんから連絡を入れてもらってください」

氷川は新三郎の処方箋《しょほうせん》にペンを走らせたが、痛み止めの薬は記さず、ビタミン剤とカルシウム剤を出した。

氷川が担当看護師の名前を呼ぶと、正道と新三郎は立ち上がった。礼儀正しく一礼した後、診察室から出ていく。

氷川は逸《はや》る気持ちを静めると、次の患者のカルテを開いた。


目まぐるしい午前診察を終え、医局に立ち寄ってから、病院の裏手にある喫茶店で遅い昼食を摂《と》る。すでに午後の外来診察が始まっており、喫茶店内は閑散としていた。氷川は眺めのいい窓際のテーブルに着き、何気なく辺りを見回す。

加藤派の構成員らしき人物はいないし、名取グループの関係者も見当たらない。正道や新三郎の影もない。

正道は上手《うま》くやったのだろうか、と氷川が考えながらカボチャのスープを口にした時、京介が喫茶店に入ってきた。華のある美男子が現れた途端、喫茶店はホストクラブになったようだ。

氷川が軽く手を上げると、京介はスマートな動作で椅子《いす》に腰を下ろした。体調を考えているのか、トマトジュースとサンドイッチを注文する。店主夫人は京介のルックスに見惚《みと》れつつ、テーブルから離れていった。普段より何倍も愛想《あいそ》がいい。

「京介くん、正道くんは？」

内科の外来診察室から出た正道と新三郎の後を、京介はさりげなくつけたらしい。患者でごったがえす総合受付の前で、正道は何気なく振り返り、京介に氷川から渡された名刺を無言で握らせたという。

『二階堂正道さんですね？　祐さんはあなたの連絡先を知っていますか？』

京介は氷川の筆跡を確かめてから、至極当然のことを尋ねた。祐と正道が直に交流があるのか、京介は一度も聞いたことがない。

『君たちがリキと呼んでいる男ならば知っているはずだ』

『あなたはリキさんが避けている男ですね？』

正道がいかなる男でリキとどんな関係か、ショウから聞いて京介も知っていた。すげえのがいた、とショウは正道を評したのだ。

『私の観察に割《さ》く余裕があれば一刻も早く連絡を取りたまえ』

正道は京介にどのような目で見つめられているのか察し、時間の無駄であると即座に一蹴《いっしゅう》した。

『女王様がいる』

『無駄口を叩く暇はない』

『女王様、お待ちください』

　気位の高い正道に感心しながら、京介は祐に連絡を入れたそうだ。正道の出現を告げた瞬間、祐は早口で喋りだした。『晴信さんを連れて帰るのは待ってほしい。晴信さんがいなくなったら桐嶋組が潰れる。落ち着いたら虎を一晩レンタルするから晴信さんを貸してくれ』と。

　どうやら、祐も桐嶋の加勢に現れた腕利きが誰か知っているらしい。誰よりもビジネスマンに近い祐は、したたかに晴信も利用しようとしている。

『祐さん、そういったことは直接言ってください』

『今すぐ小田原城に向かうように伝えてくれ』

　京介が祐の伝言を伝えると、正道は新三郎と有馬社長を連れて小田原に向かった。おそらく、小田原に辿り着く前に、待ち合わせ場所を変更するはずだ。もしかしたら、すでにどこかで会っているかもしれない。

　そこまで語った京介はストローを回しながら微笑んだ。

「先生、俺に判断させましたね？」

「気づいた？　連絡を取らせていいものか、真剣に迷った。ただ、新三郎さんは本気で指を詰める気だったから。正道くんは潔癖すぎて嘘がつけないし。ふたりは信頼してもいいけど、名取会長と秋信社長だから……」

「名取会長に別れを切りだしたのは先生と祐さんですね？」

名取会長が館山《たてやま》の別荘にいると知り、アポイントメントも取らずに押しかけた。名取グループと袂《たもと》を分かったのだから、荒波を被ると覚悟はしていた。しかし、こんな事態に陥るとは誰も予想していなかった。

「成り行き上ね。清和くんやリキくんは仁義に縛られて言いだせない」

秋信社長が名取グループにいる限り、清和が統《す》べる眞鍋組は犯罪組織に成り下がってしまう。それだけはなんとしてでも避けたかった。

「祐さんに任せればいいと思います。眞鍋のためにはどうしたらいいか、一番冷静に考えられますから」

名取会長の手を取るか、手を取らないか、祐はメリットとデメリットを考慮して算盤《そろばん》を弾《はじ》くだろう。清和やリキには逆立ちしてもできない芸当だ。

「清和くんとリキくん、早まっていないよね？」

こうしている間にも、清和とリキが眞鍋組総本部に殴り込んでいないか怖い。あのふたりが本気になったら、誰も止められないだろう。それどころか、祐以外、嬉々《きき》として殴り込みに続くかもしれない。

「あんなリキさんを初めて見ました」

「うん、リキくん、表情はいつもと変わらないけど確実にいつもと違う。清和くんのピリピリ感も凄《すご》い。杏奈さんと裕也くんが関わっているからね……ああ、僕も許せない……僕だって許せないんだよ」

杏奈の遺体を思い出し、氷川は下肢を震わせた。こうやって食事をすることさえ罪悪感が込み上げてくる。

「正道さんも顔には出てませんがだいぶ怒っているようです。杏奈さんは正道さんにとっても大切な人だったようですね。この様子だと派手な全面戦争が起こっても、正道さんが握り潰してくれそうです」

リキこと高徳護国義信に亡くなった初代・松本力也は、高徳護国流で黄金時代を築いた剣士たちだ。三人はそれぞれかけがえのない友人同士であったという。もっとも、怜悧《れいり》な美貌《びぼう》を誇る正道の気持ちは恋に変わったが。

「リキくんと本当のリキくんと正道くん、三人はとても仲がよかった、って聞いた。正道くんも杏奈さんの死はショックだと思う。きっと、裕也くんの救出に手を貸してくれる」

初代・松本力也から聞いた高徳護国流の仲間は最高に素晴らしく、聞いている清和まで胸が弾んだという。

「……で、状況は変わるかもしれません。加藤派の誰かが来たら、拉致されるのは避けましょう」

「わかった」

氷川が神妙な顔つきで頷《うなず》いた時、院内専用の携帯電話が鳴った。病棟の看護師からの呼びだしだ。

「京介くん、ごめん、僕は行かないと」

京介に別れを告げると、氷川は医師の顔で職場に戻った。正道の出現がいい風になるように願わずにいられない。

5

明和《めいわ》病院では拍子抜けするぐらい何事もなく時間が過ぎていく。気づけば夕方の六時で、総合受付の前にあるテレビではニュース番組が流れている。すでに外来棟は閑散としており、昼間の喧騒《けんそう》が嘘《うそ》のようにひっそりと静まり返っていた。

カウンター式の総合受付に向かって進んでいると、背後から聞き捨てならないニュースが流れてきた。

大企業の社長がビル火災に巻き込まれ、意識不明の重体だという。なんでも、ビルは老朽化して危険な状態だったらしい。

女子アナウンサーが噛《か》みながらニュースを読み上げたが、氷川《ひかわ》の思考力はなかなか戻らない。

「……名取《なとり》不動産の名取秋信《あきのぶ》？」

氷川はテレビ画面に進み、アップされた秋信社長の写真を眺めた。目の錯覚ではなく、名取グループの次期会長と目されていた秋信社長だ。はっきりと確信した時、氷川の背筋に冷たいものが走った。

老朽化したビルの火災において重体は秋信社長だけで、ほかのスタッフは軽症ですんでいる。どんなに楽観的に考えても、単なる偶然ではないだろう。

清和《せいわ》の命令なのだろうか、祐《たすく》と正道《まさみち》はすでに会ったはずだ、祐と名取画廊の新三郎《しんざぶろう》や名取商事の有馬《ありま》社長は話し合ったはずだ、特に有馬社長とはタイで一緒に行動しているから友好的に話し合えたのではないか、話がまとまらずに決別したままなのか、清和がブチ切れて秋信社長に手を出したのか、さらにまずい事態になったのか、名取会長を人質にしても脅迫する相手がいない、裕也《ゆうや》をどうやって助けだせばいいのか、氷川の思考回路はぐるぐると複雑に回った。

自分を落ち着かせるため、自動販売機でコーヒーを買って飲む。それでも、氷川の脳裏には陰鬱《いんうつ》な場しか浮かばなかった。

いったい何があったのか、清和とリキが眞鍋《まなべ》組総本部に殴り込んだ様子はない、重体のショウもバイクで老朽化したビルには飛び込めない、何かあったはずだがわからない、と氷川は考え込むあまり紙コップを握《にぎ》り潰《つぶ》しそうになった。ここであれこれ思いあぐねても無駄だ。

氷川は白衣の裾《すそ》を靡《なび》かせながら、足早でロッカールームに向かった。京介《きょうすけ》が顔を出すかと思ったが現れない。

氷川は無人のロッカールームに入ると、白衣を素早く脱ぎ捨てた。まず、清和の携帯電話の着信音を鳴らす。

すぐに留守番電話に切り替わり、氷川は短いメッセージを吹き込んだ。コートを身につけてから、ロッカールームを後にする。

スタッフ専用の出入り口から出て、京介の車が停《と》まっている駐車場に進んだ。常時ならば病院内の駐車場で待ち合わせないが、京介と話し合った末に安全策をとった。氷川の心中とは裏腹に夜風が優しい。

駐車場の入り口に差しかかった時、背後から女性の声で呼び止められた。

「氷川先生、お疲れ様でした」

氷川が振り向くと、ベージュのコートを身につけた女性が立っていた。彼女は患者ではなく、ショウの結婚相手として紹介された美紀《みき》だ。

「……美紀さん？」

ライトの下で氷川が立ち止まると、美紀は深々と頭を下げた。

「はい。先日、ご挨拶《あいさつ》させていただきました」

「痩《や》せましたね」

美紀は病院のスタッフとして迎えたいような女性だが、京子《きょうこ》の学生時代からの親友であり、今回の卑劣な罠《わな》の協力者だ。まかり間違っても油断してはならない。

「……はい。信じられないことがたくさん起こりました。助けてください」

そうきたか、と美紀の泣きだしそうな顔に慌てず、氷川は患者に接するように穏やかに尋ねた。

「どうされました？」

「助ける、と仰《おっしゃ》ってください」

美紀の切り返しに戸惑ったが、氷川は温和な微笑で流す。もしかしたら、こちらの内情を探りに来たのかもしれない。

スタッフ専用入り口に続く道や正面玄関に続く通路など、辺りに加藤《かとう》派の構成員は見当たらないが、誰かが潜んでいるのだろう。

「こんなに悲しい思いをしたのは生まれて初めてです。なぜ、このようなことになったのでしょう」

氷川が慎重に言葉を選ぶと、美紀は目を真っ赤にして声を震わせた。

「氷川先生にしか助けられません。どうか助けてください。見捨てないでください」

「どうされたのか、正直に話してください。君は大事なショウくんからお嫁さんとして紹介された女性です」

氷川がショウの名前を口にすると、美紀の目から大粒の涙がポロリと溢《あふ》れた。

「……はい、ショウはとても優しかったです。一緒にいて楽しかった。人生をやり直せるかもしれないと思いました」

名女優だと称賛したい気分に駆られたが、氷川は夜空に浮かぶ月を仰いで耐えた。女はみんな女優だ、と謡《うた》ったホストクラブ・ジュリアスのオーナーを思い出す。

「僕は君とショウの結婚に賛成しましたが、祐くんが反対しました。君はショウくんを愛してくれるような女性ではないと」

氷川がチクリと嫌みを飛ばすと、美紀は躊躇《ためら》いがちに頷《うなず》いた。

「……最初は怖かったです。下品だし、乱暴だし、マナーは悪いし、デリカシーはないし……でも、優しかった。ショウとならば明るい将来が見えました。私、温かな家庭に憧《あこが》れていましたから」

「美紀さん、僕は大嘘話《おおうそばなし》につきあうほど暇ではありません」

意識不明の秋信社長のニュースが気にかかり、そうそう美紀の焦《じ》れったい話を聞いていられない。氷川は駐車場を進みながら、涙ぐむ美紀にぴしゃりと言った。

「助けると思って一緒に来てください」

美紀が京子から意を受け、拉致《らち》しに来たのだろうか、と氷川はさりげなく周囲を見回した。六時過ぎの駐車場には誰もおらず、ひっそりと静まり返っている。もっとも、京介が駐車場の端に立っているように、美紀のほかにも京子の関係者がいるだろう。駐車場の壁の向こう側に潜んでいるのか、その奥の雑木林の中か、楡《にれ》の木に囲まれた空き地のほうか、氷川には見当もつかない。

「どこに行くのですか？」

「後で説明します。ちょっとゆっくりできるところでお話ししたいのです。ここでできる話ではありません」

ただ単に話をするだけならば病院内でもできた。美紀と氷川、部外者同士でいったい何をどう話し合うというのだ。

「僕の送迎担当はショウです。ショウ以外の誰が来てもついていってはいけない、と耳にタコができるぐらい聞かされました」

「お願いです、助けると思ってきてください。落ち着いたところでお話がしたいの」

美紀は溢れる涙を拭《ぬぐ》おうともせず、ただただ氷川に懇願するだけだ。傍《はた》から見れば、慎《つつ》ましそうな女性を泣かす冷徹な若手医師である。どこかで病院のスタッフに見られていたら、電光石火の速さで噂《うわさ》が広まるだろう。

「誰を助けるのですか？」

「典子《のりこ》さんと裕也くんです」

美紀の口から人質の名前が出たので、氷川は長い睫《まつげ》に縁取られた目を揺らした。

「京子さんに命令されて来たのですか？　僕をさらって監禁するつもりですか？」

氷川が悲しそうな目で見つめると、美紀は視線を逸《そ》らした。

「……やっぱり、私が京子と親友だって知っていますね？」

調べたらわかりますよね、と美紀はがっかりしたように肩を落とした。

「君は京子さんに頼まれて、うちのショウくんを騙《だま》しましたね？」

「ごめんなさい、その謝罪はいくらでもします。今は典子さんと裕也くんに加えて京子も危ないのです」

今回、複雑な恩讐《おんしゅう》や憎悪や私利私欲が絡まっているが、裏ですべての糸を引いているのは京子だ。そもそも、秋信社長に共闘を持ちかけたのも加藤ではなく京子である。加藤だったならば秋信社長も手を組まなかっただろう。

「今回の戦争の黒幕は京子さんです」

氷川が咎《とが》めるような目で射貫《いぬ》くと、美紀は驚愕《きょうがく》で下肢を震わせた。

「違います……あ、最初はそうだったかもしれません。京子は心の底から清和さんを愛していたんです。清和さんに一方的に別れを告げられた時、見ていられませんでした。あんな京子を見たのは初めてです」

京子と清和は夫婦になるものとして、美紀は祝福していたらしい。美紀にしてみれば、氷川は京子の幸せをこわした罪人だ。

男のくせにどうして、という美紀の心に潜められていた嫌悪感《けんおかん》が伝わってくる。

氷川は清和に愛されたことも清和を愛したことも後悔していないし、ここで詫《わ》びるつもりもない。

「だからといって、なんの罪もない母子を人質にとってはいけない。杏奈《あんな》さんの遺体が見つかりましたよ」

氷川が静かに怒りを爆発させると、美紀はハンカチを握りヒステリックに叫んだ。

「ぼやぼやしていたら、今度は裕也くんや京子が殺されてしまうーっ」

美紀はヒットマンを待機させていることに気づいているのかもしれない。氷川は感情を込めずに言った。

「いくら女性とはいえ、あれだけのことをしたのだから、ヒットマンを向けられても文句は言えませんね」

「そうじゃないの、そうじゃないんです。今は京子が加藤さんに脅《おど》されているんです。京子が危ないの」

美紀が必死になって京子の窮状を訴えるが、どうしたって氷川は釈然としない。

「どうして京子さんが加藤に脅されるのですか？」

「京子は非力な女ですよ。男はいつまでも女に従ってくれません」

京子と加藤の間でパワーバランスが崩れたのか、氷川は見当もつかない。だが、ここで美紀を無視するわけにはいかない。氷川にしても手詰まり感は否《いな》めないからだ。

氷川が停車していた車に近づくと、京介は後部座席のドアを開けた。さすがというか、視線だけで察してくれたようだ。

氷川は後部座席に乗り込みながら美紀に言った。

「美紀さん、僕は忙しい。話なら車の中で聞きます。乗ってください」

美紀は戸惑ったものの、氷川に続いて後部座席に腰を下ろす。まだ加藤派の舎弟たちは現れない。

「出します」

京介は一声かけてからアクセルを踏んで発車させた。

あっという間に、氷川と美紀を乗せた車は高級住宅街が広がる小高い丘を下り、クリスマスムード一色に染まった街に入る。

車中には重々しい空気が流れ、誰も口を開こうとはしない。

どうやら、美紀は京介を警戒しているらしく、口を固く閉じている。京介は素人ながら侮《あなど》れない要注意人物だと、京子から言い含められているのかもしれない。そうでなければ、京介に対する態度は違うだろう。プロであれセミプロであれアマであれ、京介のルックスに目を奪われない女性はいない。

車窓の向こう側にイルミネーションが点灯した教会を見つけ、氷川はしみじみとした調子で美紀に語りかけた。

「ショウくん、クリスマスに美紀さんと結婚すると言いました。ショウくんはとても嬉《うれ》しそうでした。僕はとても楽しみにしていたんですよ」

美紀の左の薬指にはショウから贈られたリングがあった。単なる芝居道具ではなく、ショウに対する良心だと思いたい。

「すみません」

ショウの名前を出せば、美紀はしおらしくうなだれる。一応、罪悪感はあるようだ。

「美紀に決めた、とショウくんは宣言しました。京子さんに頼まれて、ショウくんに近づいたのですね？」

ショウとの出会いも仕組まれたものなのか、と氷川は大きな溜《た》め息《いき》をついた。なかなか手の込んだ演出だ。

「何度でも謝ります。本当にすみませんでした」

「僕ではなくショウくんに謝ってほしい」

「……ショウの協力が必要だったのです。でも、ショウは清和さんと氷川先生に心酔していて、どんなに頼んでも京子に力を貸してくれないことがわかりました」

清和の側近の中で女性に甘いのはショウしかいない。けれど、ショウは女性に惚《ほ》れても清和は裏切らない。ショウが清和に刃《やいば》を向けても、誰も疑ったりはしない。氷川も清和と同じように、一本気なショウの忠誠心を疑ったりはしなかった。

「どうして京子さんを止めなかったのですか？」

氷川が諸悪の根源である京子の暴走を指摘すると、美紀は顔を苦しそうに左右の手で覆った。

「まさか、まさか、こんなことになるなんて……京子が加藤さんとこんな……」

「何も聞いていなかったのですか？」

京子に何も問《と》い質《ただ》さずに協力したのか、と氷川は美紀を非難したくなったがぐっと堪《こら》えた。

「自分を捨てた清和さんが許せない、清和さんを奪った先生も許せない、思い知らせてやらないと生きていけないって悲しそうに泣いたんです。あの京子が泣いたんですよ」

昔、自殺未遂を繰り返した美紀は、京子の献身的な支えによって救われたという。京子が泣いていたら黙ってはいられない。

「それで、君の役目は？」

「ショウを私に夢中にさせることでした。清和さんが信じているショウを奪えば、清和さんのメンツに関わりますから……当初、私はそれだけしか聞いていなかったんです」

清和のメンツを潰して恥をかかせる、としか美紀は知らなかったという。極道に疎《うと》い女性だから、言われるがまま信じ、操られたのかもしれない。

「君は人質として那須《なす》の別荘にいましたね？　君は攫《さら》われたのではなくて、京子さんに連れられて行ったのでしょう？」

「那須の別荘で初めて計画を知ってびっくりしました。ただ、裕也くんと典子さんは大事に扱われていました。それは安心してください」

裕也と典子は同じ部屋で寝泊まりしていたが、高級ホテルのスイートのような部屋だったという。食事も飲み物も充分すぎるぐらい与えられ、裕也のために絵本や玩具《おもちゃ》も用意されたた。典子も待遇には満足し、暴れても無駄だと悟っていたのか、落ち着いて過ごしていたという。

「杏奈さんは？」

杏奈はどんな待遇だったのか、確かめずにはいられなかった。

「私、杏奈さんにはお会いしていません」

美紀は顔を上げると、細い声で言い切った。

「杏奈さんは那須の別荘にいなかった？」

「那須の別荘から長野のほうに移されたようです。たぶん、杏奈さんはそのまま長野の別荘だと……」

美紀に嘘をついている気配はなく、杏奈に対する憐憫《れんびん》が伝わってきた。おそらく、加藤派の構成員たちで交わされた会話を聞いたのだろう。

「裕也くんと典子さんはどこに監禁されているの？　橘高《きったか》さんは？」

氷川は勢い込んだが、美紀は手を大きく振った。

「それは私も知りません」

「秋信社長が持っているマンションや別荘は多いんだ。どこだと思う？　京子さんはどこに行っていた？」

基本的に京子は眞鍋本家に陣取っているが、大事な場面では加藤や香坂《こうさか》に任せずに自分で動いている。北海道や沖縄など、遠隔地では地理的に無理だ。そう近くはなく、そう遠くもなく、微妙な地点に監禁場所を定めているだろう。リキや祐はそう推測していたが、氷川も異論はない。

「裕也くんや典子さんの監禁場所は私も知らないんです。けど、京子がよく使っている舎弟さんは『雪が凄《すご》かった。下手したら凍死するぜ』とダウンジャケットや厚手の靴下の用意をしていました。寒いところだと思います」

加藤派の構成員が防寒対策をしていると聞き、氷川の脳裏に雪国が浮かんだ。長野の山も豪雪地帯だ。

「……それ、杏奈さんが見つかった長野の山の別荘と往《ゆ》き来《き》していた時の話かな？　今も？」

「意識して見ていないからわかりませんが、今日、スキー用の手袋を持っていた人がいました。カイロを買い込んだ人もいたはずです」

いくら加藤派の構成員が馬鹿揃《ばかぞろ》いでも、修羅場《しゅらば》の真っ最中にスキーを楽しんだりはしないだろう。おそらく、豪雪地帯に何かがあるのだ。

そうこうしているうちに、京介がハンドルを握る車は祐の高級マンションの駐車場に着いた。

「美紀さん、駐車場で話せることですか?」

氷川の質問に美紀は即答した。

「ふたりきりでお話ししたいです」

氷川は美紀を連れて部屋に上がり、京介は後から無言で続いた。加藤派の構成員やヒットマンはまだ現れない。

生活感のないリビングルームのソファで、氷川と美紀は向かい合った。京介はリビングルームの奥にある和室にこもる。

「美紀さん、用件を言ってください。助けてください、なんていう曖昧《あいまい》な言葉はNGです」

氷川がお茶を淹《い》れてから切りだすと、美紀は意を決したように口を開いた。

「加藤さんは裕也くんと典子さんを殺そうとしましたが、京子が庇《かば》いました。親戚《しんせき》の佐和《さわ》さんも加藤さんは邪魔だって殺そうとしました。今、京子が必死になって人質を庇っているんです」

美紀の口から語られる状況を、氷川は冷静に想像した。無能の限りを尽くしている加藤ならば、ありえない話ではない。制御できなくなった野獣ほど、恐ろしいものはない。

「それで?　僕にどうしろと?」

「清和さんにこれを飲ませてください」

美紀がショルダーバッグから取りだしたものは、なんら特徴のない粉薬だ。風邪薬にも胃薬にも見えるが、人のためにはならない物質だろう。

「ビタミン剤ではありませんね」

激昂《げっこう》したら終わりだ、と氷川は心の中で自分に言い聞かせた。

「コーヒーにでもお茶にでもそっと混ぜるだけでいいんです」

「清和くんとコーヒーを飲む時間なんてない。第一、僕は捨てられた身ですよ？」

清和が氷川を捨てて、京子と復縁する、というシナリオはどうなったのか、佐和はまだ可能性を捨てていないフシがある。

だからこそ、氷川は祐のマンションに戻ったのだ。

「嘘ばっかり、清和さんは氷川先生を捨ててはいない。佐和さんも大嘘をつくなんてひどいわ。京子は悲しそうに怒っていました」

どうやら、京子は最初から佐和が持ち込んだ話の裏に気づいていたようだ。察していながら、長野の山中で罠を仕掛けるために乗ったのだろうか。

「佐和姐さんは清和くんも京子さんも同じように大事なんです。あなたも京子さんが大事ならば、一刻も早く京子さんを止めなさい」

女性同士の友情には詳しくないが、京子と美紀には強い絆《きずな》があるように思えた。一方的に美紀が利用されているように思えたが、それだけではないような気がする。

「京子が大事だから、こうやって頼んでいるんです。加藤さんは暴力的ですぐに刃物を振り回すんです。このままだと京子が殺されてしまう」

「僕に清和くんを毒殺させる気ですか？」

清和と氷川が仲睦《なかむつ》まじく暮らしていることも、京子の神経にひどく障《さわ》ったという。ただ単に別れただけでは溜飲《りゅういん》は下がらない。氷川が清和を毒殺したら、京子にとって最高の復讐《ふくしゅう》だ。

十中八九、京子と加藤のパワーバランスは崩れていない。京子は加藤に脅されているふりをして、美紀を利用しているのだろう。または、加藤の暴力に屈しているように見せかけ、加藤を手の内で操っているのだろう。

「死んだりしません。一時、体調が悪くなるだけだと……」

美紀は京子に言われて、病院に乗り込んできたに違いない。彼女は恩のある京子を助けようと必死だ。

「美紀さん、試しに飲んでみてください」

氷川が薬を差し出すと、美紀を真摯《しんし》な目で貫いた。

「……氷川先生？　信じてくださらないのですか？　裕也くんや典子さんや佐和さんが危険なんですよ。清和さんがおとなしくなってくれたら、それでいいと言うんです」

美紀は声を立てて泣きだしたが、ここで怯《ひる》んだらおしまいだ。一連の黒幕である京子の罠にみすみす落ちてしまうわけにはいかない。

「清和くんは組長の座から降りて、おとなしくしていました。しつこく追ってきたのは加藤さんです」

僕は清和くんを引退させたかった、と氷川は偽らざる本心を吐露した。若い清和ならば新しい人生が開けただろう。

「清和さんは加藤さんに服従していなかったでしょう?」

男同士のメンツとプライドは複雑なようで単純だが、根本的に美紀は理解していないような気配がある。

「加藤さんのような男に清和くんが服従するわけないでしょう? ショウくんだって加藤さんのような男に服従しない。京子さんだって本気で加藤を愛していない」

君もショウくんを本気で愛してくれなかった、と氷川は心の中で続けた。口に出したらもっとこじれそうだったからだ。

「……それでも、それでも、京子は加藤さんの妻になったのよ」

美紀の嗚咽《おえつ》がいっそう激しくなったが、氷川は吐き捨てるように言った。

「選んだ男が悪すぎた。よりによってどうしてあんな男を選ぶのですか。京子さんならいくらでもいい人を捕まえられたでしょう」

「今さらそんなことを……」

「今からでも遅くないから、加藤さんみたいな男と別れるように京子さんに言ってあげなさい。親友である美紀さんの役目です」

佐和も実母も京子を諭すことができなかったのだから、誰が何を言っても無駄かもしれない。

「手遅れ、手遅れなんです。加藤さんは鬼みたいに怒って、人質を殺して清和さんのところに送るって……京子は必死に庇っているんです。もう止まりません。京子に向かって壺《つぼ》を投げるなんて……」

加藤は人質の重要性を理解できないが、京子は切り札として考えている。ふたりの間で齟齬《そご》はあるのかもしれない。

「だから、清和くんを毒殺？」

加藤の暴走を止めるために清和を毒殺しろとは、あまりにあまりな要望だ。侮られたものだ、と氷川は自虐的な笑みさえ浮かべてしまう。

「毒物じゃないと聞いています」

美紀は真っ赤な目で断言したが、彼女自身、騙されているのだろう。

「僕は医者だ。調べられる」

「調べても結構ですが、時間がありません。ぼやぼやしていると裕也くんや典子さんが殺されます。裕也くんや典子さんが殺されてもいいんですか。氷川先生が殺すようなものですよ」

美紀は泣きじゃくりながら氷川を一方的に責め立てた。氷川が折れるまで、泣き続けるに違いない。

「……君」

「氷川先生、医者のくせに女や子供を見殺しにするんですね。見損ないました。医者を続ける資格はありません。裕也くんや典子さんを殺すならば、京子も惨殺させるならば、医者の資格を返上してください」

もっと聡明《そうめい》かと思ったがそうでもないな、文句だけは達者だな、これが女性の泣き落としか、と氷川が感慨にふけっている余裕はない。美紀も使命感に燃えているから、一生懸命なのだろう。

「美紀さん、京子さんに連絡を入れてください」

氷川は美紀の耳元に囁《ささや》くように小声で言った。

「……はい？」

「清和くんに薬を飲ませるタイミングがあります。こちらもいろいろとありますから、確認しておきたいのです」

氷川が意味ありげに目配せをすると、美紀は困惑したらしく辺りを見回した。

「ここで？」

「気づかれないように早く」

氷川が急《せ》かすと美紀は携帯電話を取りだし、登録している京子の短縮番号を押す。コール二回目で京子は応対した。

「……あ、京子？」

美紀が京子に語りかけた瞬間、氷川は素早く携帯電話を取り上げた。

「京子さん？　ご無沙汰《ぶさた》しています。氷川諒一《りょういち》です」

突然、氷川が乱入しても、京子に慌てた様子はなかった。

『氷川センセイ？　お久しぶり、お元気そうで何よりだわ』

「美紀さんはお預かりしました。杏奈さんを殺したのですから、美紀さんがどのようになっても文句は言えませんね？」

氷川がきつい声で脅した瞬間、京介が物凄いスピードでリビングルームに入ってきた。呆然《ほうぜん》としている美紀を後ろ手にして捕まえる。

「きゃーっ、何をするのーっ」

美紀の張り裂けそうな悲鳴は、携帯電話越しに京子の耳にも届いたはずだ。

「京子さん、美紀さんの命はいただくことになりそうです。杏奈さんが覚醒剤《かくせいざい》を打たれたように、美紀さんにも覚醒剤を打ちます。それから、女に餓えている舎弟たちにご褒美《ほうび》として与えます。杏奈さんと同じように、美紀さんも死んでしまうでしょう」

氷川はいつもよりトーンを落とした声で、京子に訴えかけるように言った。

京介は氷川の言葉に耳を傾けつつ、美紀のニットスーツを剝《は》ぎ取《と》ろうとする。いや、京介本人に美紀を乱暴する気はない。美紀に悲鳴を上げさせるために荒っぽく煽《あお》っているのだ。女性に夢を売る王子様は自身をかなぐり捨て、凶悪な野獣を演じていた。

『氷川センセイ、美紀はカタギの女よ。カタギの女になんてことをするの？』

美紀の悲鳴が続いても、京子の声音はなんら変わらない。

「杏奈さんもカタギの女です。カタギの女になんてことをしたのですか」

『私は知らないわ。加藤が勝手にしたのよ。私だって助けてあげたかったのよ』

「僕も美紀さんを助けてあげたいんですが、助けられないかもしれません。美紀さんがどんな目に遭ってもいいんですね？」

氷川の言葉に対応するように、美紀の助けを呼ぶ声が上がった。京介は壁を叩《たた》き、暴力的な音を立てる。

『氷川センセイ、そんな脅しは無駄よ。できるものならやってごらんなさい』

氷川に暴力的で非道なことはできないと、京子はタカをくっているようだ。メギツネと称された京子は、氷川の悲しみと怒りを把握していない。

「清和くんやリキくんならば一般女性には手を出さないかもしれない。僕は違います。人

の命を預かる医者ですが、今回ばかりは許せない。美紀さんに覚醒剤を打つことも、男たちの中に放り込むこともできます」

秋信社長が重体で監禁場所が摑《つか》めないなら、すべての黒幕の京子から聞きだすしかない。

『美紀と氷川センセイが苦しむだけよ。おやりなさいな』

「ここは最高の策士の秘密基地です。眞鍋ではご法度《はっと》の覚醒剤があります……もっと強力なものもあります。僕は最高のものを調合することもできます。美紀さんひとりぐらい、どうにでもできるんですよ」

氷川の言葉を遮るように、美紀がか細い声を張り上げた。

「……い、いや……京子……助けて……いや……私は狂いたくない……狂うのはいや……助けて……お願いだから助けて……」

京介が耳元で上手《うま》く脅したらしいが、美紀は本物の嗚咽を漏らして、携帯電話の向こう側にいる京子に助けを求めた。

「京子さんも罪なことをしましたね。大親友をこんなことに巻き込んで」

氷川が切々とした調子で言うと、京子は高らかに笑った。

『さすが、藤堂《とうどう》さんや桐嶋《きりしま》組長も丸め込んだ姐さんね？　やるじゃない。美紀を放してやってちょうだい』

世間話のひとつとして祐から聞いた話だが、どんな策士でも最後の大勝負には絶大な信頼を抱く駒《こま》を投入するケースが多いという。小汚い手口で定評のあった藤堂も、すべてをかけた大勝負では、関西にいた桐嶋をわざわざ呼び寄せて挑んだ。京子も捨て身の大勝負に美紀という大切な駒を投入したのだ。信頼できる大事な駒は打つ手を間違えれば弱みにもなる。

「清和くんを毒殺する取引はしません」

『ここで清和さんを毒殺したら、すべて丸く収まるわ。すぐに人質は解放する。役に立たない加藤も三代目から降ろすわ。四代目組長には安部さんでもリキでも立てればいい。タイ・マフィアやチャイニーズ・マフィアにシマを渡した香坂は始末するわ』

京子がどんな表情を浮かべているのか知らないが、氷川は想像することさえいやだった。

「清和くんを毒殺するくらいならば、僕があなたを毒殺します。僕のほうが毒物には詳しいと思いますよ」

『氷川センセイ次第で平和になれるのに』

京子が煽るように言った時、美紀が悲鳴を上げて失神した。京介に精神的にえげつなく追い詰められたらしい。女性客に夢を売る王子様は、悪夢を植えつけるテクニックにも長《た》けている。

「清和くんに何かしたら舎弟たちが黙ってはいません。清和くんは加藤さんと違って舎弟に恵まれていますから」

氷川が痛烈な嫌みを飛ばすと、京子は馬鹿にしたように鼻で笑った。

『橘高さんや安部さんはあっさり加藤の舎弟になったわよ』

「人質をとって脅したからでしょう？　眞鍋を真っ二つに割って自滅したくなかったんですが、それすらもわからないのですか？　……さ、京子さん、美紀さんがどうなってもいいのですか？」

加藤の下についた香坂が眞鍋組初代組長の実子かもしれない、という疑惑も影響したのかもしれない。橘高や安部にしても、眞鍋組初代組長が気に入っていた香坂の母親は、よく知っているとのことだ。

もっとも、若い清和やリキ、祐やショウはまったく知らなかった。情報屋のバカラからの情報で、香坂について知ったのだ。

『美紀に覚醒剤を打ったらそこで取引は中止よ？　目的は？』

京子は覚醒剤の恐怖を熟知しており、釘《くぎ》を刺すことを忘れなかった。姐候補として清和の隣にいた時、眞鍋組の覚醒剤ご法度を支持したそうだ。何人もの先輩ホステスが覚醒剤に蝕《むしば》まれていく姿を見たからだろう。

「裕也くんと典子さんの監禁場所を教えてください。美紀さんは裕也くんと典子さんの監禁場所で解放します」

裕也くんと典子さんの無事を確認しない限り、美紀さんは返さない、と氷川は言外に脅した。

『遠いわよ』

「遠くても構いません。美紀さんのような女性がいれば旅行気分が味わえるでしょう。うちの男たちも喜びます」

『逗子《ずし》にある秋信社長の別荘よ』

監禁場所は寒い場所であると、美紀との会話から目星をつけていた。逗子に行くのにスキー用の靴下や手袋は用意しないだろう。

「この期《ご》に及んでまだ嘘をつく気ですか？　そろそろ幕引きを考えなさい」

氷川がきつい口調で言った時、入れたばかりのリビングルームの窓が割られ、加藤派の舎弟たちが七人も入ってきた。たぶん、美紀の携帯電話にもＧＰＳ機能がついているのだろう。

「ナメた真似《まね》しやがって」

「死ねーっ」

加藤派の舎弟はいっせいに氷川に飛びかかったが、すんでのところで京介が阻《はば》む。次から次へと京介は難なく七人もの大男を叩きのめした。とてもじゃないが、絶対安静の怪我《けが》人《にん》とは思えない。

「キサマ、長野の山で俺にナイフで切りかかった奴だな。よく俺の前に顔を出せた。その度胸は褒《ほ》めてやる」

京介は金髪頭の大男の鼻を踏みつけ、無気味な音を響かせた。長野の山中での仕返しをしたらしい。

「キサマはショウの肩に鉛玉をブっ放した奴だな」

京介はスキンヘッドの大男の肩を割れた窓ガラスに叩きつけた。耳障りな破壊音が響き渡る。

氷川は京介の怒りの深さに驚いたが、今はそんな場合ではない。

「京子さん、僕の大事な子が京子さんの兵隊さんを倒しました。これ以上、悪あがきはやめなさい」

京子に美紀を自力で取り戻すことは無理だとわからせたい。彼女が屈服しない限り、今回の戦いは終わらないだろう。

『京介がいるのね？　ヤクザになるつもりはないなんて言って、氷川センセイの犬になっているんだから』

どうして京介まで氷川に尻尾《しっぽ》を振るのか、高慢な女王は理解できないらしい。

「そんなことはどうでもいいでしょう。僕は美紀さんを無事に帰らせてあげたいんですよ。美紀さんを薬物中毒の廃人にしたくはありません」

『屋上のヘリポートに来てちょうだい。案内するわ』

京子は言うだけ言うと、携帯電話の電源を切った。嘘か真実か罠か、氷川には見当もつかず、美紀を抱き上げた京介に視線を流した。

「京介くん、屋上のヘリポートに来い、って言うんだけど……」

各界のＶＩＰが多く住んでいる高級マンションには、屋上にヘリポートが設置されていた。空港まで飛ぶのに使われているらしい。

この様子だと京子はこのマンションに部屋を借りているようだ。今回の罠の仕込みとして、清和が信頼している祐のプライベートも探ったのかもしれない。用意周到な京子ならばやりかねなかった。

「罠かな」

「京介くんはヘリの操縦ができるよね？　京介くんが操縦したら問題はない」

ショウが忌々《いまいま》しそうに言っていたが、京介は女性客の特別デート用としてヘリコプターの免許を取得しているらしい。たとえ、遊び慣れた有閑マダムでも、夢の王子様のヘリコプターで空中デートしたら、一発で落ちるだろう。

「東北とか北海道とか、遠かったら自信がありません。せいぜい、東京と横浜《よこはま》の夜景です」

京介はパイロットとしての自分の腕を的確に告げた。

「迷っている場合じゃない。行こう」

氷川が闘志を漲《みなぎ》らせると、京介は美紀を抱いたまま頷いた。加藤派の構成員たちは意識を取り戻す気配がない。

祐のことだから探られたくないものは置いていないだろう。氷川の私物もあるが、見られても盗まれても困らない。

「さっさと帰りなさい」

氷川は床に転がっている加藤派の構成員たちに別れの挨拶をしてから、ヘリポートがある屋上へ通じる最上階にエレベーターで上がった。

会話のないまま、ノンストップで到着する。

「……京子さん？」

和服姿の京子を見つけ、氷川は緊張気味に声をかけた。

「美紀は置いていってちょうだい」

京子は京介が抱いている美紀を見て、柳眉《りゅうび》を吊《つ》り上《あ》げた。狡猾《こうかつ》なメギツネでも親友は大切な存在なのだ。

「いやです。裕也くんと典子さんと引き換えです」

京子に対する切り札を握った今、決して手放したりはしない。

「ヘリには定員があるのよ」

「京介くんが操縦するからＯＫです。京子さん、案内してください」

「人質なら私がなるわ。美紀を放して」

京子はしおらしく両手を上げたが、人質になるような女性ではない。間違いなく、裏で何か企《たくら》んでいるはずだ。

「京子さんが人質ですか？」

「私に京介、氷川センセイ、この三人でいいでしょう？　私が人質になるわ」

「美紀さんを安全な場所に残して僕を危険な場所に連れていく気ですか？」

新しい罠を仕掛けたのか、と氷川は京子を真正面から見据えた。海千山千の男たちを手玉に取り、神経を擦り減らすような闘いをしているというのに、華やかな美貌《びぼう》はまったく衰えていない。

「私も一緒なのにどうして躊躇うの？」

「京子さんだから躊躇うのです」

氷川が目を曇らせた時、いきなり懐《なつ》かしい声が聞こえてきた。

「麗《うるわ》しの白百合《しらゆり》、真紅の薔薇《ばら》、姫君たちのナイトが参上いたしました」

ジュリアスのオーナーが気障《きざ》なポーズを取っているが、氷川の口はあんぐりと開いたままだ。

ちなみに、白百合に喩《たと》えられたのは氷川で、真紅の薔薇は京子である。ふたりともそれぞれ、容姿が花とマッチしていた。

「オーナー、預かっていてください。誰にも渡さずに」

京介はぐったりとしたままの美紀をジュリアスのオーナーに渡した。あくまで、美紀は京子に対する人質だ。

「オーナー、美紀に手を出したら容赦しないわよ」

京子はとうとう観念したのか、ジュリアスのオーナーに美紀を託した。もともと京子とジュリアスのオーナーの仲はそんなに悪くない。京子の闘う相手が清和でなければ、条件次第で、ジュリアスのオーナーは協力していた可能性がある。

「真紅の薔薇、わかっています」

京介に続いて氷川と京子はヘリコプターに乗り込む。

氷川が行き先である監禁場所を尋ねると、京子は穏やかな様子で答えた。長野の山奥にある秋信社長の別荘、と。

「……長野の山奥？　杏奈さんの遺体があった別荘ですか？」

氷川が怪訝《けげん》な顔で首を傾《かし》げると、京子は口元に手を当てた。

「秋信社長が所有している山には別荘が二軒あるの。以前、京介やショウが乗り込んだのは中腹にある別荘よ」

確かに、秋信社長の山には別荘が二軒ある。正確に言えば、奥と中腹に一軒ずつ、小さな山小屋は三軒、それ以外に建物らしきものはない。

「裕也くんや典子さんは奥のほうの別荘にいるのですか？」

目と鼻の先まで迫っていたのか、と氷川はなんともやるせない思いに駆られる。ヘリコプターから見る夜景は素晴らしいが見惚《みと》れる気分にもならない。また、足元に広がる絶景は恐ろしくもあるが、怯《おび》えている余裕もない。

「そうよ、気づかなかったの？」

京子が馬鹿にしたように言うと、京介が腹立たしそうに言った。

「雪が凄くてそれどころじゃなかった」

加藤派の男たちに攻撃されてそれどころじゃなかった、と京介は口にしない。何より、山と一口に言ってもとんでもなく広いので、行っただけではわからないだろう。周囲はどこも白銀の雪景色で、一歩間違えれば遭難していたと、卓《すぐる》や信司《しんじ》は零《こぼ》していた。

「名取家にとって大切な別荘なんですよ」

「秋信社長もそんなことを言っていたわ」

監禁場所は清和の襲撃を考慮し、最高の場所を選んだらしい。長野の山奥に建つ別荘は頑丈で、並大抵の爆弾では崩れないと、秋信社長は豪語していたという。たとえ、加藤の舎弟が深手を負っても、最新の医療設備が整っているからちょうどいい。なんでも、先月、外国の要人が極秘に手術をしたばかりだという。

た。


「秋信社長のニュースを見ましたか？」

氷川がおもむろに切りだすと、京子は顔色ひとつ変えずに答えた。

「清和さんが仕組んだのでしょう。カタギを手にかけたのね」

京子は昔気質の極道の薫陶を受けた清和を揶揄《やゆ》している。これぱかりは聞き流せなかった。

「秋信社長の罪は重い。京子さん、君の罪も重い」

氷川が咎めるように言うと、京子は悪びれずに肯定した。

「わかっているわ」

「もう変なことは考えないでください。裕也くんに典子さん、橘高さんも解放して、心の底から謝罪してください」

京子の気持ち次第で今後は決まる。もう二度と道を誤ってほしくはなかった。

「わかっているわよ」

「みんな、無事ですね？」

氷川が確認するように聞くと、京子は他人事《ひとごと》のように答えた。

「加藤が暴れていなければ無事だと思うわ」

京子には無能な加藤に対する不満を感じないわけでもない。何かと凶器を振りかざす性格に呆《あき》れているのだろう。

「どうしてあんな男と……」

「清和さんを恨んでいても歯向かう度胸がない男が多いの。加藤は度胸だけはあるのよ」

邪魔者は始末しろ、逆らえば容赦しない、は眞鍋の昇《のぼ》り龍《りゅう》こと清和の主義だ。その苛烈《かれつ》さは周知の事実である。清和を憎悪していながら、恐れて行動に移せない男は少なくはない。

「最低な男を選びましたね。杏奈さんに覚醒剤を打ったのは誰ですか？」

杏奈が哀れで口にしたくもないが、氷川は聞かずにはいられない。それ相応の責任を取らせたかった。

「加藤の舎弟の丸之内《まるのうち》が打ったみたい」

加藤の舎弟には麻薬中毒者が多く、狙《ねら》いをつけた女性や行きずりの女性も平気で毒牙《どくが》にかけた。覚醒剤を打たれた女性は破滅を迎えるだけだ。

「なんの罪もない女性を……」

氷川が怒りで腕を震わせると、京子は足元に広がる夜景を眺めて言った。

「杏奈さん、協力してくれたら一生遊んで暮らせるお金を渡すつもりだった。なのに、あの馬鹿女は説教なんてしたのよ。この私に偉そうに説教するなんて、自分を何様だと思っているのかしら」

京子は唇をわなわなと震わせ、杏奈を口汚く罵《ののし》った。

「どういうことですか？」

氷川が問い詰めると京子は華やかに微笑《ほほえ》んで語りだした。

初代組長がそろそろ危ない、と主治医の看護師から聞いた頃だったという。京子は兼ねてから練っていた計画を開始した。まず、切り札を入手しなければ始まらない。

『杏奈さん、しばらくの間、裕也くんと一緒に避暑地で楽しんでください。こちらですべて手筈《てはず》は整えます』

かつて京子は清和の姐候補として、杏奈と裕也に会ったことがある。すなわち、清和とリキにとって大切な母子だからだ。

『京子、目的は何？　これでもパートと育児で忙しいのよ』

杏奈はリキから金銭的な援助を受けているが、必要以上に甘えなかった。芯《しん》のしっかりした女性だったのだ。

『少しの間、旅行に出てくれればいいんです。不自由はさせません』

最初から杏奈と裕也を監禁するつもりはなく、秋信社長の別荘でのんびり過ごさせる予定だった。とどのつまり、杏奈と裕也を監禁したと清和に思わせればいいのだから。

『何を企んでいるの？　デリヘルでも始めたの？　私はもう商品にはならないわ』

夜の蝶《ちょう》として男に侍《はべ》ったからか、京子が信じられなかったからか、杏奈はジョークとして一蹴《いっしゅう》した。

『そんな心配はしないでほしいわ。那須にとても素敵な別荘があるの。裕也くんも気に入ると思うわ』

『……京子が動くとなったら清和さん関係よね？　まだ清和さんを恨んでいるの？　さっさと新しい男を見つけなさいよ』

清和と京子の過去を知るゆえの懸念が、杏奈には大きかったようだ。高慢な女王が捨てられたらただではすまさないことも、ホステス時代の経験で知っていた。裏ではヤクザ顔負けの泥沼の惨劇が繰り返されている。

『杏奈さんこそ、どうして新しい男を見つけないの？』

京子は亡くなった裕也の父親を今でも愛している杏奈にわざと愚問を投げた。あてこすりかもしれない。

『パートと育児で忙しいのよ。それどころじゃないわ』

『なぜ、杏奈さんがパートなんかで働かなくてはならないの？　手伝ってくれたら一生遊べるぐらいのお礼を出すわ』

瞬時に杏奈はキナ臭い復讐劇を悟ったのかもしれない。自分たち母子が清和やリキにとってどういう存在か、杏奈はきちんと理解して弁《わきま》えていた。

『清和さんを困らせるつもりね？　やめなさい。手切れ金を十億もらったんだからいいでしょう……ううん、手切れ金を受け取ったらそこで終わりよ』

十億もらっても納得していなかったのか、なんのために十億も提示したのか、別れたくないなら手切れ金は受け取るな、夜の女ならば夜の女らしく諦《あきら》めろ、と杏奈は玄人女性《くろうとじょせい》のセオリーを並べた。

『私のお願いを聞いてくれないの？』

『私も裕也も清和さんにはさんざんお世話になっているの。清和さんを困らせることはしないわ。帰って』

頼るべき家族がいない杏奈を支えているのはリキや清和、清和の養父母だ。中でも典子は祖母代わりとして裕也の面倒をよく見た。もちろん、裕也は典子を本当の祖母のように慕っている。

『残念だわ』

『京子？　何をする気？』

交渉は決裂、京子は問答無用で杏奈と裕也を那須の別荘に監禁した。初代組長が息を引き取ったのは三日後だ。

千載一遇のチャンスを逃がしてはならない。

眞鍋本家では橘高と安部に一服盛った茶を出し、那須に監禁した杏奈と裕也の姿をスカイプの画面で見せた。とどめのように、裕也の無邪気な声も聞かせる。

罵倒するかと思ったが、橘高は畳に手をついて謝罪した。

『京子さん、京子さんをそこまで追い詰めてしまってすまない。清和に代わって詫びる』

度量の大きい橋高らしい態度かもしれないが、京子の固い決心はまったく揺らがない。

『詫びなんて無用よ。これから三代目加藤組長の下で働いてもらうから』

『辛《つら》かっただろう。人質ならば俺や典子がなるから杏奈さんと裕也は解放してやってくれ』

橋高は自分や妻の命と引き換えに、杏奈と裕也を救おうとした。京子の鬱屈《うっくつ》に気づいたからか、清和の性格も考慮しているからか、初めから橋高は自分が助かろうなんて気持ちはない。

『そうね？　橋高さんと典子さんが代わってくださればいいわ。何も告げずに典子さんを呼びだしてください。杏奈さんと裕也くんに会わせましょう……その後、杏奈さんと裕也くんはお返しします』

一旦、京子は橋高の申し出を呑《の》んだように見せかけた。

『安部さんはここに残ってください』

復讐劇の最初の山場、眞鍋組の大黒柱である橋高と安部を引き離した。茶に入れた薬が効いてきた頃、さらに橋高の意識を奪う薬を打った。それぐらいしないと橋高は抑え込めない。それから、極秘に橋高を長野の山奥にある別荘に運んだ。以後、最も手強《てごわ》い橋高には薬を打ち続け、眠らせているという。

そこまで明かした京子は、勝ち誇ったようにほくそえんだ。

「歴戦のヤクザも甘いものね」

こんなに上手くいくとは思わなかった、というのが京子の偽らざる本心かもしれない。不器用なまでに昔気質《むかしかたぎ》の極道の一本気な性質を突《つ》いて成功した。

「京子さん、場所が眞鍋本家でなければ結果は違ったと思いますよ」

麻薬ではないようだが、橘高さんになんの薬を打ったのか、頑強な男の身体《からだ》はどうなってしまったのか、それでなくても橘高さんは若い頃から無茶ばかりしている、心不全の疑いもあったんじゃないのか、と氷川の背中は凍りついた。

「どんな結果になったのかしら」

橘高は心底から敬愛する佐和が仕切る眞鍋本家で出された茶を疑ったりはしない。その場に清和がいたら、なんの疑惑も持たずに口にしているだろう。

「それはこれからゆっくり考えてください。京子さんは橘高さんの心も踏みにじったのですから……」

「あら？　先に私を踏みにじったのは橘高さんよ」

清和と氷川の仲を反対もせずに認めた橘高は、京子にとって許しがたい存在になったのかもしれない。佐和にしてもそうだ。

「そんなに僕が憎いならば僕に直接すればいいのに」

どうして無関係の母子を巻き込む、と氷川は抑えきれない怒りをぶつけた。今回、被害者が多すぎる。

命を奪ったのは杏奈だけではなく、清和が見込んで会社を起こさせた酒井利光《さかいとしみつ》をも無残にも始末している。可愛がっていた舎弟の吾郎《ごろう》は、意識不明の重体になるまで痛めつけられていた。

「眞鍋の氷川センセイのガードが固かったのよ。それに氷川センセイを泣かそうと思ってても氷川センセイがまともじゃないから無理だもの」

いつでもどこでも、清和のみならず眞鍋の男たちは一枚岩となって氷川を守り抜こうとした。さすがの京子もつけ入る隙《すき》がなかったという。また、氷川の性格を考慮し、真正面から攻撃することは断念したそうだ。

当然、氷川が納得できる返答ではない。

「京子さん、君は自分が何をしたのかわかっていますか？」

「しつこいわね」

「自分の罪を理解していますね」

「しつこい、って言っているのよ」

したたかなメギツネが年相応の女性に見え、氷川は我が目を疑った。なんというのだろう、噂に聞く京子ではないし、落とし前として自分に指や腕を迫った鬼でもない。

「僕の腕がそんなに欲しかった？」

「清和さんと氷川センセイ、ふたりの腕を斬《き》り落《お》としたかった。あの日、斬り落とせなかったのが悔しいわ」

佐和の権勢を借りた加藤が、日本刀で清和の腕を斬り落とそうとした。しまいには、京子が控えていた男たちに命令させて、清和の腕を斬り落とそうとした。口が挟めない安部に連れられてきたのが氷川だ。

初日でカタをつけようと、京子は躍起になっていた。清和に時間を与えたら、力をつけて反撃すると予想していたからだ。

「清和くんの腕を斬ることは許さない」

「首を斬るのは許してやろうと思ったのに？」

さっさと首を狙えばよかった、と京子は後悔の念を抱いているようだ。華やかな美女の背後に血に餓《かつ》えた般若《はんにゃ》がいる。

「どうして首を狙うの？」

氷川が声を張り上げたが、京子は軽く言い放った。

「私を捨てたからよ」

傲慢《ごうまん》な女王のプライドとメンツに、氷川は眩暈《めまい》を感じてしまう。自分が関与しているからなおさらかもしれない。

「……京子さん、あなたならほかにいくらでも相手はいるでしょう」

「私を捨てた男が許せないの。私を捨てさせた氷川センセイも許せないの。許そうとしても許せなくて、忘れようとしても忘れられなくて、気が変になりそうだったわ。イライラして何も手につかないし、部屋にいても外にいても飲んでいても買い物をしてもエステに行っても海外旅行に出ても駄目だった」

普段の京子ならば高い自尊心で内心の鬱屈を明かしたりはしないだろう。相手が氷川だからか、素直に感情を吐露しているようだ。

諦めようとしても諦められない恋を抱えている美男子がいれば、忘れようとしても忘れられない恋を引《ひ》き摺《ず》っている美女がいる。氷川はなんとも複雑なやるせなさでいっぱいだった。

「……もう」

氷川にしても清和に捨てられたら生きてはいられない。清和に対する深い想《おも》いはわかるが、それとこれとは話がべつだ。

「気が変になるぐらいなら、思い切ってやり返したほうがいい。私にとっては当然の選択よ」

京子なりに悩んだ末の結果なのか、自分の罪を認めているが、後悔の念はまったく感じられない。

「君はやり返す手段を間違えました。なんの罪もない母子を巻き込んではいけない。まして母の命を奪ってはいけない」

「杏奈の態度がいけないのよ。素直に協力すればよかったの」

京子は杏奈の言動に立腹したようだが、氷川の怒りと悲しみはさらに大きくなった。

「杏奈さんにはなんの落ち度もありません」

氷川と京子の激しい言い合いはふりだしに戻った。どんなに本心を吐露し、懇々と話し合っても、氷川と京子の気持ちは平行線を辿《たど》ったままだろう。出会った時から真逆の立場にいたのだから。

6

そうこうしているうちに、氷川《ひかわ》と京子《きょうこ》を乗せたヘリコプターは長野の上空に入った。操縦する京介《きょうすけ》の緊張がヘリコプター内に浸透する。

「一番難しいのはこれからです。無事に着陸できるように、今ばかりはふたりで力を合わせてお祈りでもしてください」

京介は弱音にも似たセリフを口にすると、秋信《あきのぶ》所有の別荘のヘリポートに着地した。

氷川はお祈りをしようとして舌を噛《か》みそうになったが、京子は見事なくらい平然としている。

ヘリポートは別荘の広大な敷地内にあり、周囲は雪化粧をした木々が鬱蒼《うっそう》と生い茂っていた。いったいどこまで同じ景色が続くのか、果てがまったくわからない。氷川ひとりだったら確実に迷っていただろう。

「京子さん、監禁場所はどっちですか？」

「白い建物よ」

白い建物に雪が積もり、夜ということも手伝って視界が悪い。一定の間隔で灯《あか》りはあるものの、決定的な明るさではなかった。

「雪の中に白い建物？　よりによってどうして白なんかに……」

山奥の別荘の使用目的を思い出し、氷川は目を凝《こ》らして建物を見つめた。

二階建ての白い建物に続く道には雪が積もり、誰の足跡もなかったが、人の気配がないわけではない。事実、白い建物の明かりは煌々《こうこう》と光っていた。

「京子、罠《わな》か？」

何か気づいたのか、京介は険しい形相《ぎょうそう》で京子の腕を摑《つか》んだ。

「罠かどうか確かめたら？」

京子が不遜《ふそん》な態度で答えると、銃声が立て続けに聞こえた。何発も鳴り続け、一向にやむ気配がない。

どうやら、瀟洒《しょうしゃ》な白い建物の中では銃撃戦が始まっているようだ。誰と誰が戦っているのか、確かめる必要はないだろう。

「京子さん、どの部屋に監禁しているの？」

氷川が雪に足を取られながら尋ねると、京子はあっさりと答えた。

「二階よ」

「二階？　二階だね？　行きましょう」

氷川は京子を促すと、銃声が響く建物に進んだ。京介は周囲を窺《うかが》いつつ、京子の腕を放さない。

荘厳な造りの正面玄関には外国製の大型バイクが二台、突っ込んでいた。爆発物も使用したのか、白い煙が立ち込めている。咳《せ》き込《こ》みながら中に進むと、真紅の薔薇《ばら》のオブジェが飾られた豪華な吹き抜けは、血の色に染まっていた。

「……うっ」

氷川は目の前に広がる惨劇に身体《からだ》を強張《こわば》らせたが、背後にいる京子や京介はまったく動じていない。

卓《すぐる》がナイフで大柄な加藤《かとう》派の構成員と闘っていた。

「……卓くん？」

氷川が血相を変えると、卓はナイフを振り回しながら叫んだ。

「なんで姐《あね》さんがいるんスかーっ」

頭部に包帯を巻いている宇治《うじ》は、頰《ほお》に傷のある男相手に日本刀を振り回していた。

「……っ、姐さん」

氷川の姿を確認した途端、宇治は血相を変えたが、目前の敵はきっちり倒した。さすが、眞鍋《まなべ》の重鎮に見込まれている男だ。

加藤派の男が散弾銃を連射したが、清和派の男たちは怯《ひる》まない。

「よくもやりやがったなーっ」

絶対安静のショウが、加藤派の構成員たちを目にも留まらぬ速さで斬《き》り捨《す》てた。あちこち骨折している男だとは信じられない。昨日まで立ち上がりたくても立ち上がれなかったはずだ。

客間に続く廊下では、意識不明の重体だったイワシが、ライフルを構えていた。散弾銃を連射する加藤派の男の肩を撃ち抜く。

イワシの射撃の腕は確かで、大怪我《おおけが》の後遺症は微塵《みじん》も感じさせない。

「キサマ、一昨日《おととい》、俺を撃ったな？　借りを返すぜ」

ショウはギラギラした目で、加藤派の男をステンドグラスの窓に投げ飛ばした。間髪容《かんはつい》れず、拳銃《けんじゅう》を握った加藤派の男も叩《たた》きつける。

「氷川センセイ、今、ショウにやられた男が丸之内よ。許せない男なんでしょう？」

京子は杏奈《あんな》に覚醒剤《かくせいざい》を打った男を紹介したが、氷川は固まったままだ。京介は銃口が氷川に向けられていないか、ガラスの破片や陶器の破片が飛んでこないか、周りに注意している。

京子が傍《かたわ》らにいるからか、加藤派の男たちは氷川に銃口を向けない。突然の出現に戸惑っている気配さえあった。

「氷川センセイ、ヤクザの女ならこれくらいでビビらないで」

京子に憎々しげに言われ、氷川は正気を取り戻した。

「京子さん、これはどういうこと？」

氷川が青褪《あおざ》めた顔で尋ねると、京子はわざとらしく肩を竦《すく》めた。

「私に聞かないでよ」

「清和《せいわ》くん……サメくんが監禁場所を摑んだのかな？」

氷川が諜報部隊《ちょうほうぶたい》復活を示唆すると、京子はあっけらかんと言い放った。

「秋信社長が名取《なとり》会長に捨てられたんじゃないかしら？」

「母が息子を捨てることはないでしょう」

「次期会長としての名取秋信を捨てたのよ。いくら清和さんでも、名取会長のお許しがなければ、秋信社長に仕掛けないわ……ううん、名取会長が秋信社長を始末するように清和さんに頼んだのかもね」

今日、外来診察に現れた名取グループの重鎮ふたりを祐《たすく》に引き合わせたのは、ほかでもない氷川だ。おそらく、ビジネスマンに一番近い祐は、名取会長から差しだされた手を好機として捉《とら》えた。名取グループの重鎮ふたりが指を詰めようとしたら、清和やリキは慌てるだろう。膝《ひざ》を突き合わせて話し合い、再び手を組んだのかもしれない。

「京子さん、君は秋信社長の利用価値がなくなったと知ったから、美紀《みき》さんを動かしたんですか？」

京子が清和と闘うには秋信社長の力が必要不可欠だった。けれど、肝心の秋信社長が母親に見捨てられてしまった。その情報を耳にした時点で、京子は終幕を考えたのかもしれない。

「氷川センセイが清和さんを毒殺してくれたら最高のフィナーレを迎えられたわ」

「最後が杜撰《ずさん》すぎます。僕が清和くんに毒を盛るわけないでしょう」

シナリオを書くのは祐くんのほうが上手《うま》い、と氷川は変なところで比べてしまった。まずもって、人間の観察力がない。

「つまらないオカマね」

「僕がつまらないオカマなら君はなんですか？」

氷川が目を吊《つ》り上《あ》げると、京子は華やかに微笑《ほほえ》んだ。

「馬鹿《ばか》な女よ」

美女の微笑で血なまぐさい戦場が一気に華やいだが、誰も見惚《みと》れている余裕はない。

「わかっているなら、裕也《ゆうや》くんと典子《のりこ》さんのいる場所に案内してください」

「足元に気をつけて」

京子に注意されて床を見て、氷川は卒倒しそうになった。タトゥの入った腕がガラスの破片とともに転がっていたからだ。どう楽観的に考えても、マネキン人形の腕ではない。

「……っ、なんでこんなことに」

「ヤクザの戦争だからこんなものでしょう」

「京子さん、他人事《ひとごと》みたいに」

氷川は文句を零《こぼ》したが、京子の視線は薬莢《やっきょう》が点在する廊下にある。

「足元、ちゃんと見たほうがいいわ」

眞鍋本家で清和とリキに生卵をヒットさせた男が倒れていた。下肢が無残にも反対方向に折れ曲がっている。

「……っ」

「杏奈さんに乱暴した男よ。まだ息があるわ。トドメを刺さないの？」

京子の視線の先には鳩尾《みぞおち》にジャックナイフが突き刺さった男がいた。助けを求めるように手を伸ばしている。

「……もう……っ……」

医師としては見過ごせない状況だが、何よりもまず、裕也と典子を助けださなければならない。氷川の眼底には杏奈の遺体が焼きついたままだ。

「それも杏奈さんに乱暴した男よ。仇《かたき》を討たないの？」

禁止した覚醒剤に手を出して清和に破門された構成員が、太陽神の彫刻の下で唸《うな》っていた。

京子に示唆されたように、清和の姐ならば憎き相手に制裁を下さなければならないのだろうか。

「京子さん、とりあえず、裕也くんと典子さんのところに早く……」

目の前に何が立ちはだかろうが、氷川の最大にして唯一の目的は変わらない。ここで揺らいだらおしまいだ。

「杏奈さんの仇を取らないなんて情けないわね。典子さんは可愛《かわい》がっていた妹分が乱暴されたら長ドスを持って殴り込んだわよ」

折に触れ典子の武勇伝は耳にするが、妹分の仇討ちは初耳だった。男勝りで気が強く、誰よりも優しい典子ならやりかねない。

「仇を取って杏奈さんが生き返ったらいくらでも……」

杏奈が息を吹き返すならば、氷川が率先して日本刀を振り回した。誰を殺《あや》めても杏奈の命は取り戻せない。医師という立場上、命の尊さと儚《はかな》さは熟知している。

「清和さんが殺されても仇は討たない？」

京子の艶《つや》っぽい微笑の裏にどんな感情が隠されているのかわからないが、氷川は清和の偽の訃報《ふほう》が流れた時のことを思い出した。殴り込もうとする血気盛んな鉄砲玉に手を焼いたものだ。

「清和くんの舎弟さんたちが仇を討つでしょう。僕が仇を討ったら恨まれる」

清和と舎弟たちの間には氷川でも入り込めない絆《きずな》があった。独占欲の強い氷川でさえ、妬《や》こうとも思わない絆だ。清和にそういった頼もしい舎弟たちが仕えていることを誇りに思う。

「意外にヤクザの姐なのね」

京子が感心したように笑った時、目の前には日本刀で命のやりとりをするリキと香坂《こうさか》がいた。廊下にはリキが切り捨てた加藤派の男たちが何人も転がっている。壁に頭を突っ込んだ男の脚は痙攣《けいれん》していた。

氷川は息を呑《の》んだが、京子は芝居の観客のように手を叩く。

「香坂さん、リキ相手に頑張っているわね。でも、リキが相手じゃ無理よ。さっさと逃げたほうがいいわ」

「京子姐さん？　なんで来た？」

香坂は京子の登場に動揺したが、リキの鋭い日本刀を躱《かわ》した。柱の陰から加藤派の構成員が拳銃でリキを狙《ねら》う。

後ろにも目がついているのか、リキは背後にいた加藤派の構成員の手に日本刀を振り下ろした。黒光りする拳銃が音を立てて廊下に落ちる。

「人間じゃねぇ」

リキの神業的な強さに、ライフルを手にした加藤派の男は震え上がり、立ち向かいもせずに逃げていく。まさしく、鬼神と称するに相応《ふさわ》しい男だ。

「香坂さん、リキとショウに殴り込まれた時点で負けよ。さっさと逃げればいいのに」

京子は呆《あき》れたように言い放つと、どこまでも続く廊下を進んだ。すると、聞き覚えのある声が響いてきた。

「清和、俺のオヤジを殺したのはキサマだろう。正直に言え」

血まみれの加藤と清和が抜き身の日本刀で闘っていた。双方、尋常ではない殺気が漲《みなぎ》っている。

「そんなに知りたければあの世でオヤジに聞け」

「殺してやる」

「馬鹿な奴だ」

清和と加藤、死闘を繰り広げている男たちはそれぞれの妻が姿を現しても一顧だにしない。ヤクザのヤクザたる所以《ゆえん》か、修羅《しゅら》を突き進む男の本性だ。

「清和さんは真面目《まじめ》な学生だったから、場数を踏んでいないのよ。加藤は子供の時からワルでケンカに明け暮れていたわ。タイマン勝負は加藤に分があるわよ」

京子が解説した通り、清和は暴力の限りを尽くしてきた加藤に圧《お》されていた。京介が助っ人に入ろうとしたが、清和に鋭い双眸《そうぼう》で止められる。来るな、と。

清和は男としてのメンツとプライドをかけて、ひとりで加藤を仕留める気だ。加藤も加藤で自力で父親の恨みを晴らす気だろう。

誰であってもふたりの死闘に割って入ることはできない。また、ふたりとも誰も入れようとはしない。

「……タイマン？　一対一の勝負は加藤さんのほうが強い？」

氷川は日本刀を叩き落とされた清和を見て、心臓が止まりそうになった。しかし、清和は加藤の足を蹴《け》り飛《と》ばして体勢を崩させた。

そこでやれ、と京介が清和に声をかけながら、柱の陰から清和を拳銃で狙っていた加藤派の構成員を蹴り飛ばす。天窓から飛び降りてきた加藤派の構成員も、京介は一撃で難なく倒した。清和と加藤による男同士の最後の勝負の邪魔はさせない。

「氷川センセイ、清和さんを止めたほうがいいんじゃない？」

京子は加藤の勝利を信じているのか、煽《あお》るように氷川に言った。

「僕の清和くんは加藤さんなんかに負けません」

氷川が頬を高潮させて宣言した時、どこからともなく弱々しい声が聞こえてきた。

「……あ、あ、あ〜っ、開かない、開かない、どうして開かないのかな、そろそろ開いてくれてもいいんじゃないか、なぜこんないたいけな男の子に意地悪するの、意地悪しないで開けてくれよ。もう一度、戸隠《とがくし》に修行に出なきゃ駄目なのかな」

サメが重厚な扉の前で蹲《うずくま》っていたが、妙な物悲しさと緊迫感が流れている。足元にはさまざまな器具が散らばっていた。

察するに、裕也と典子が監禁されている扉の鍵が開かないのだろう。本来ならば元空き巣のタイの担当だが、昨夜《ゆうべ》は意識不明の重体だった。

せに」

「サメくん、修行に出ている暇はありません。どうせ、戸隠ではおソバを食べるだけのくせに」

氷川は京子から視線を逸《そ》らさず、鼓舞するようにサメの肩を叩いた。

「姐さん？　我らが姐さんがこんなところにいるわけがない。俺は幻を見ているんだ。夢だから何を言ってもいいんだ。姐さん、麗《うるわ》しの白百合《しらゆり》ならぬ核弾頭よ、爆発しないでください」

来るとは報告があったが本当に来やがった、とサメはポロリと本心を漏らした。どこにどう飛んでいくかわからない核弾頭の威力を改めて嚙み締めたらしい。

「サメくん、一言多いよ」

氷川は一呼吸おいてから京子に視線を流した。

「京子さん、ここに裕也くんと典子さんがいるんですね？　橘高《きったか》さんもいますね？　ドアを開けてください」

氷川が思いを込めて言うと、京子は口元に手を添えて笑った。

「安部《あべ》さんの舎弟辺りからここを教えてもらったんでしょう？　とっくに開けていると思っていたわ」

サメは胡乱《うろん》な目で京子に反論した。

「京子さんやい、京子さんの指紋でしかロックが解除されないんでしょう？　食事は人間が入れない小さな専用のエレベーターみたいなので運ばせていましたね？　加藤や香坂も入れない特別室でしょう？」

「その部屋には奔放なお姫様が閉じ込められていたの。父親のわからない子供を堕《お》ろして社交界に復帰したけど、また父親のわからない子供を妊娠したみたいよ」

京子は重厚な扉に近づくと、センサーに指を当てた。すると、サメが攻略できなかった扉が音を立てながら開く。

「メルシー」

サメは京子にフランス語で礼を言うと、扉の中に飛び込んでいった。監禁されていた裕也や典子が心配で、氷川もサメの後に続く。

優雅なアーチを描いた天井からは豪勢なシャンデリアが吊るされ、壁には優しい色彩の絵画が何枚もかけられ、あちこちに精巧なブリュッセルレースが飾られ、どこかの王侯貴族の広間のような部屋が広がっている。猫脚のソファやテーブルには可愛いぬいぐるみや玩具《おもちゃ》が並び、大理石の噴水の向こう側には滑り台やブランコもある。

大きなクマのぬいぐるみの隣に、裕也を抱いた典子がいた。ふたりとも顔色がよく、身につけている衣類には高級感があった。

「典子姐さん？　ご無事ですか？」

サメが駆け足で近寄ると、典子は裕也を抱いたまま不敵に笑った。

「ちょっと、遅いじゃないの。国産牛肉の四割引きセールを逃がしたわよ」

気風《きっぷ》のいい典子らしい言葉に、サメは安堵《あんど》の息を漏らした。

「よかった、ご無事で何よりです」

「贅沢《ぜいたく》な食事とおやつで太ったわ」

銀のワゴンには高級ワインと瓶のジュースがあり、焼き菓子やチョコレートなどのスイーツもあった。籠《かご》の中には旬の果物に混じって南国の果物まで盛られ、ゾウのボックスには子供用のスナック菓子やキャンディーも詰められている。

「健康的でお美しい。熟女の星です」

サメが天然大理石の床に膝をついて典子を称《たた》えると、裕也はきょとんとした顔つきで尋ねた。

「おばあちゃん、この変なおじちゃんは誰？」

子供でもサメが変だとわかるのか、氷川は妙なところで感心したが、サメは京介の肩口に顔を埋《うず》めて嘆いている。

「この変なおじちゃんは裕也くんを守ってくれるおじちゃん。よく覚えておきな」

典子はしたり顔で裕也にサメを紹介した。

「ふ〜ん。こっちのメガネのお兄ちゃんは？」

裕也が氷川を指したので、典子は満面の笑みを浮かべた。

「そのメガネのお兄ちゃんも裕也くんを可愛がってくれるお兄ちゃん。清和兄ちゃんと仲良しなんだよ。よく覚えておきな」

「ふ～ん。メガネのお兄ちゃんは清和兄ちゃんと仲良しなのか。清和兄ちゃんは車くれたよ」

氷川は無邪気な裕也に目尻《めじり》を下げ、優しい手つきで頭を撫《な》でた。まだ裕也は母親が亡《な》くなったことを知らない。

こんないたいけな子供の母親の命を奪うとは。

氷川の目が潤んだ時、典子はさりげなく京子に声をかけた。

「京子、覚悟しているのかい？」

声のトーンは普段と変わらないが、同じ女ゆえの容赦ない憤《いきどお》りがある。氷川の目には典子の手に日本刀が握られているような気がした。

「かかってくれば？」

京子が大胆不敵に典子を煽ると、女同士の激しい火花が散った。サメは逃げるように氷川の背後に隠れる。

怖い、とサメは恥も外聞もなく呟《つぶや》いた。

京子と典子の睨《にら》み合《あ》いは凄《すさ》まじく、見ている氷川も圧倒されそうだ。今にも殺し合いが始まりそうな迫力がある。

大丈夫ですよ、と京介は氷川の耳元にそっと囁《ささや》いた。

「子供の前でそんな真似《まね》ができるかい」

典子はどんなに腸《はらわた》が煮えくり返っていても、あどけない子供の前で刃物を持ちだしたりはしない。

「子供がそんなに大事？」

「京子、あんただって裕也くんが大事だから、加藤やチンピラがこの部屋に入ってこられないようにしたんだろ？　なんだかんだ言いつつ、子供の安全は確保したじゃないか」

切り札である裕也に危害を加えないため、ロックの解除は京子の指紋でしかできないように設定したらしい。

「典子姐さん、裕也くんが可愛いなら早く裕也くんを連れてここから出ていったほうがいいわ」

京子は言うだけ言うと、奥の部屋に静かに進んだ。最新の医療設備が整っている部屋に人の気配はない。

京子は橘高が監禁されている部屋に向かっているのか、氷川とサメは真剣な目で後に続いた。

京介は裕也と典子を守るために残り、状況を見て行動する。何しろ、戦場と化した別荘内を裕也に見せるわけにはいかない。

に出た。

天蓋《てんがい》付きのベッドルームや蔵書が収められた書斎を通り過ぎると、礼拝堂のような場所
京子は凝った装飾が施されている扉のセンサーに指を当てる。こちらの扉のロックも京子の指紋がなければ開けられないらしい。

裕也と典子が監禁されていた部屋とは雰囲気がガラリと変わり、アラブ風のムードが漂っている。

金の虎《とら》の彫像が並んだ間を通り過ぎると、大きなベッドに寝かされている橘高がいた。左足と金の柱は長い鎖で繋《つな》がれ、一定の自由しか与えられていなかったようだ。それだけ、武闘派で鳴らした橘高を恐れていたのだろう。

京子は橘高の左足の拘束具を外し、顔をじっと覗《のぞ》き込《こ》んだ。

「橘高さんがこれぐらいで死んでいたら、いくつ命があっても足りないわよね」

京子のあまりの言い草に、氷川は目を吊り上げた。

「なんてひどい」

獅子《しし》の彫刻が施されたテーブルには水差しがあり、食事をした形跡もあった。よく見ればパン屑《くず》や米粒に混じってレンズ豆やハムの切れ端も落ちている。

氷川は手首を取って脈を測り、生命を確認する。水差しに入ってる水を確かめてから橘高の口に流し込んだ。

「橋高さん？　橋高さん？　橋高さん？　典子さんの危機です。起きてください。典子さんは橋高さんが助けなければなりません」

　ちょうど薬が切れていたのか、橋高はゆっくりと目を開けた。

「……典子の危機で起きなかったら怒られるからな」

　橋高らしい余裕のある言葉に、氷川は胸が熱くなった。

「典子さんの危機で橋高さんが起きてくれなかったら僕も怒ります……意識はありますね？　どうですか？」

「楽しい夢を見ていた。初代組長と一緒に暴れ回っていた時の夢だ。加藤がせっかちで俺は手こずらされた。なんであんなにあいつはケンカっ早いんだ」

　まだ極道が極道らしかった時代、日本は豊かではなかったが、人には情が溢れており、明るい夢や希望があった。清和の実父や加藤の実父とともに腕一本で伸し上《の あ》がっていった日々が、橋高にとって最良の時なのかもしれない。

「橋高さん、もう少し水を飲んでください」

「酒がいいな」

　橋高が勢いよく起き上がったので、氷川は目を丸くした。

「急に起き上がってはいけません」

「……どうなった？」

　橘高は一番気がかりなことを沈痛な面持ちで尋ねてきた。杏奈や裕也は言うに及ばず、京子や加藤に対しても情を持っている。橘高は身が引き裂かれるように辛《つら》いに違いない。

「橘高さんが鍛えてくれた清和くんは負けません」

「そうか」

　橘高が切なそうに頬を緩めた時、血まみれの清和が抜き身の日本刀を手に現れた。肩には右腕がない加藤がいる。

　清和は鬼のような形相で京子を睨みつけると、彼女の足元に加藤の身体を放り投げた。

「……うっ」

　加藤は低い呻《うめ》き声《ごえ》を出したが、床の上で微動だにしない。

　京子は汚いものを見るような目で、足元の加藤を見下ろした。一言も夫である加藤に声をかけない。

　氷川は卒倒しそうになったが、サメの手によって支えられる。やらなければやられていた、とサメは氷川の耳にそっと囁いた。

　闘う男を愛したのだから、氷川も腹を括《くく》らなければならない。一歩間違えれば、清和が右腕を斬り落とされていたのだから。

「オヤジ、裕也とオフクロのところに行け」

　清和は氷川には一瞥《いちべつ》もくれず、ベッドで上体を起こした橘高に低い声で命令した。

「……ボン、いや二代目……」

橘高の言葉を遮るように、清和は冷徹に言い放った。

「何度も言わせるな」

加藤にしろ女性である京子にしろ、清和は今後のためにも断じて許すわけにはいかない。だが、懐《ふところ》の広い橘高がいれば、必ず慈悲を求められる。橘高は自分の身を削り、京子だけでも助けようとするだろう。清和と京子の間に立ち、耐えがたい苦しみを享受するのは橘高だ。

清和は橘高のために処刑の場から去らせようとしている。

「……ボンが死ねと言えば死ぬ、ボンが生きろと言えば生きる、ボンが行けと言えば行くさ」

橘高は謡《うた》うように言うと、悠々とした足取りで出ていった。薬と鎖で自由を奪われていたとは思えない強靭《きょうじん》さだが、橘高本人の自尊心によるものだと、氷川には手に取るようにわかった。だいぶ、無理をしている。

「サメくん、橘高さんを支えてあげてください。絶対に無理をしている。本当なら歩けないはず、精密検査が必要……」

氷川がサメに医師として指示を出したが、清和が冷たい声で遮るように言った。

「先生も出ていけ」

ふっ、と京子は馬鹿にしたように鼻で笑ったが、大輪の薔薇が咲いたように華やかだった。

「清和さん、氷川センセイの前では加藤を始末できないの？」

氷川が困惑で目を揺らした時、悠然と構えていた京子が口を挟んだ。

「……清和くん？」

「黙れ」

「私の前では覚醒剤に手を出した舎弟を始末したはずよ」

清和は過去を語る京子から視線を逸らした。

「サメ、連れていけ」

清和がサメに向かって忌々《いまいま》しそうに顎《あご》をしゃくった。

サメは京子の手元を見た瞬間、さっと顔色を変えて叫んだ。

「メギツネ、本当の目的はそれだったのかっ」

サメは物凄《ものすご》い勢いで京子に飛びかかった。

けれども、京子のほうが早かった。手にしていた爆発物のスイッチを押したのだ。

「あの世で会いましょう」

京子の勝ち誇ったような声の後、どこからともなく凄まじい爆発音が響き渡り、黄金のシャンデリアが吊るされた天井が落ちてきた。白い煙が立ち込める中、獅子の彫刻が施された柱が倒れ、窓ガラスが音を立てて割れる。

吹き飛んだ扉の向こう側でも爆発音が響き、断末魔の悲鳴にも似た男の声が聞こえてきた。

一瞬、氷川は何が起こったのか、まったくわからなかった。ただ、清和に守られたことはわかった。いつでもどこでも守り抜こうとする清和の逞《たくま》しい腕に血が流れている。

「……清和くん？」

清和は氷川の盾となり、崩れ落ちた天井や柱から守っている。額には脂汗も噴きでていた。

「清和くん？　清和くん？　清和くん？」

清和の身体から噎《む》せ返《かえ》るような血の匂《にお》いが漂ってきて、氷川の背筋は凍りついた。出血の量が尋常ではない。しかし、まだ身体は冷たくない。

「清和くん、僕をおいていくのは許さないよ」

氷川が力の限り叫ぶと、清和は低く呻きながら動いた。

「……っ」

「清和くん？」

氷川は清和がしようとしていることにやっと気づいた。手伝いたいが、氷川の細腕ではなんの役にも立たない。

「……ふっ」

清和は全身に力を入れて、氷川を抱えたまま、落ちてきた天井の破片の下から這《は》い出《で》た。並の男ではできない。

「清和くん？　大丈夫？　止血をしよう」

氷川は清和の身体を気遣ったが、当の本人はまったく気にしていない。

「怪我は？」

「僕は平気、守ってくれてありがとう」

清和が全身全霊をかけて庇《かば》ってくれたのだとわかっている。氷川は愛《いと》しさと切なさがこみ上げ、清和の削《そ》げた頰に流れる血を指で拭《ぬぐ》った。

「怖い思いをさせてすまない」

「そんなことはいいからっ」

氷川が声を張り上げると、倒壊した柱の瓦礫《がれき》の下からサメがもぞもぞと顔を出した。

「……サメ？」

清和が確かめるように名前を呼ぶと、サメは頭から血を流しながら悔しそうに答えた。

「……あ、ぬかりました。京子は最初から二代目や姐さんを道連れで自爆するつもりだったんでしょう」

目的がなければ、京子が監禁場所に氷川を案内するわけがない。サメは崩れ落ちた壁の下にいる京子を冷静に分析した。

「京子は自爆するような女じゃない」

清和が感情を込めずに言うと、サメは太ももに突き刺さった陶器の破片を抜きつつ答えた。

「俺もそう思っていました。だから、びっくりしました」

女は謎《なぞ》だ、最後の最後までやられた、とサメは独り言のように続けた。京子に完敗宣言にも似た言葉を捧《ささ》げる。

「……裕也は？」

清和はここにはいない裕也を指摘した。裕也を抱いた典子には京介が付き添い、橘高も追っていったはずだ。

「自爆する気だから、典子姐さんに裕也を連れていけと言ったのか？」

氷川と京介は美紀を人質として手放さないつもりだったが、京子は頑として譲らなかった。もしもの時、京子は凄絶《せいぜつ》な幕引きを考えていたのかもしれない。

「他にも爆弾が仕掛けられているのか？」

京子の性格から考慮するに、監禁場所に爆発物を仕掛けた理由は自爆するためだけではないだろう。清和の関係者が殴り込んできた場合、全滅させるために、予《あらかじ》め爆発物をセットしているはずだ。

「その可能性は大きい」

要所にセットされた爆発物が時間差で爆発するかもしれない。メギツネと称された京子ならば単純な仕掛けはしないだろう。

もっとも、海外ＶＩＰの極秘の場所として建てられた別荘なので、頑丈な建物自体が倒壊することはないはずだ。せいぜい、天井や壁、柱が崩れるぐらいだ。窓ガラスも特製の防弾ガラスは割れていない。

「裕也っ」

清和と氷川は立ち上がると、瓦礫《がれき》の山と化した場を進んだ。情緒のあるアラブ風の空間も、どこかの王侯貴族の広間のような部屋も、無残な姿に変貌《へんぼう》している。どこにも裕也や典子、橘高は見当たらない。

「裕也くん？　典子さん？　裕也くん？　典子さん？　無事ですねーっ」

氷川と清和は必死になって大切な者の名前を呼び続けた。だが、いくら呼んでも返事はない。

「裕也？　オヤジ？」

倒れたグランドピアノの前では、加藤派の構成員たちが何人も折り重なるように倒れていた。ひっくり返ったキュリオケースの下では、眞鍋本家で氷川に生卵を投げた男が白目を剝《む》いている。

「こいつらは爆発物にやられたんじゃなくて、ゴジラにやられたんじゃないかな」

サメは加藤派の構成員の状態を見て、ヤクザ以上の腕っ節を誇る京介を示唆した。京子が監禁部屋のロックを開けたことで、加藤派の構成員たちが雪崩《なだ》れ込《こ》んできたのかもしれない。裕也を抱く典子に銃口を向け、京介が応戦する姿が容易に想像できた。

「京介くん、どこにいるの？」

氷川が涙声で呼ぶと、倒壊した壁の下から京介が現れた。続いて、橋高が大理石の柱の塊を押しやり、ブランケットでくるんだ裕也を抱いた典子も顔を出した。

「典子姐さんっ」

サメが慌てて駆け寄り、京介と橋高の身体に伸しかかる壁の破片をよける。京介と橋高が身を挺《てい》して庇ったからか、ブランケットにくるまれた裕也と典子は無事だ。

「生きてりゃいろいろとあるわね」

典子が裕也を抱き締めたまま不敵に言うと、サメは大きな息をついた。

「生きていればいろいろとあるものです」

サメの後に橋高がのっそりと立ち上がりながら呟いた。

「……ああ、生きているのに何もないほうがおかしいさ」

橋高は立ち上がろうとしたができず、その場に崩れ落ちた。背中は血で真っ赤に染まり、左腕はおかしな方向に曲がっている。

「オヤジ?」

清和は庇うように氷川の肩を抱いたまま、失神した橘高のそばに膝をついた。そして、呼吸を確かめた後、胸に耳を当てて心音を確かめる。

「……オヤジ?」

心臓の音がしない、と清和は子供のような目で氷川に訴えた。ショックで言葉にできないらしい。

「橘高さん? 橘高さん? 清和くん、どいてっ」

氷川は清和の腕から出ると、橘高の脈を取ってから瞳孔《どうこう》を確かめた。胸にも耳を当てて、心音を聞こうとした。

けれど、橘高の心臓は止まっている。

「……ずっと、橘高さんは薬で眠らされていたんだよね? たまには起きていたかもしれないけど朦朧《もうろう》としたままだったんだよね……弱っているのに……」

氷川は独り言のようにブツブツ言った後、清和に向かって怒鳴った。

「清和くん、そっちの部屋、そっちの診察室みたいな部屋に運んでっ」

特に頑丈に造られているのか、最新の医療設備が整った部屋は爆発物の影響を受けていない。

氷川の言葉に清和は瞬時に動き、ピクリともしない橘高の身体を診察台に載せた。

「ここなら、気管挿入も高濃度酸素も……できる、ちゃんと処置できるっ……っ……できたっ……」

呼吸も止まり、心臓も動いていないのならば、できることは限られている。氷川は診察台に乗り上げ、橘高の身体に馬乗りになった。腰と腕に力を込めて、橘高の胸を押す。

バキバキバキっ、という音とともに橘高の骨が折れた。

この骨の折れる音がいやだ、と医師たちは口を揃《そろ》える。氷川も同意見だが、そんなことに構ってはいられない。

「橘高さん、こんなことで死んだら許さないよ。橘高さんの止まった心臓を動かしてみせるからっ」

氷川が必死の形相で心臓マッサージを施していると、白い煙の中から天才外科医と謳われた木村《きむら》を背負うシャチが現れた。

「遅いよ、シャチくん」

氷川が文句を言うと、シャチは伏し目がちに詫びた。

「木村先生を置いていくだけで顔を出す予定はなかったんですが」

シャチは天才外科医ことモグリの医者の木村を床に下ろした。

「あ～っ、また橘高のオヤジは死にかけているのか」

いつもと同じように、木村がのんびりとしているので、氷川はヒステリックに叫んだ。

「木村先生、早く診《み》てください。橘高さんを絶対に逝かせないでっ」

「あ～っ、こっちの男前の兄ちゃんも苦しそうだな」

木村の視線の先には血まみれの京介がいた。彼もまた裕也と典子を庇うために身を投げだしたのだ。

「俺はヘマをやらかしただけですから平気です」

「おお、その強がりは橘高のオヤジの若い頃にそっくりだぜ」

木村は高らかに笑うと、京介の身体に張りついている血まみれのシャツをハサミで切った。

リキがぐったりとした卓に肩を貸してやってくる。

「先生、診《み》てやってください」

瞬《また》く間《ま》に怪我人が増え、氷川は木村の的確な指示によって動く。氷川が京介や卓の治療にあたり、木村が心肺停止状態の橘高の蘇生《そせい》に集中した。

木村の額から大粒の汗が滴り落ちた時、橘高の心臓が動きだす。

「お～っ、橘高のオヤジよ、地獄の閻魔《えんま》さんに追い返されたか、どんだけ嫌われているんだよ」

木村らしい言葉を聞いた瞬間、氷川はほっと胸を撫で下ろした。いや、まだ予断は許されない。それでも、再び、心臓が動きだしたのだ。

別荘内に残っていた加藤派の残党は、リキや清和、ショウが圧倒的な強さで一掃した。サメの先導で裕也と典子は安全な離れに移動した。典子は何がなんでも裕也を守り抜く気だ。

爆発からどれくらい経《た》ったのか、別荘内が落ち着いた頃、淡い色のスーツに身を包んだ祐が、首に包帯を巻いたシマアジに先導されて現れる。実戦で役に立たない策士は、別荘の前に停《と》めたワゴン車で待機していたのだが、闘っていた誰よりも顔色が悪かった。

「想像できなかったエンディングでした」

京子の幕引きを知り、祐は動揺を隠さない。メギツネならば狡猾《こうかつ》に最後まで立ち回り、生き抜くと踏んでいたのだ。

「祐、名取会長に連絡を入れろ」

清和は名取会長と再び手を組み、承諾を得てから秋信社長を社会的に成敗した。一般人ゆえ、命は奪わないが、二度と自分の足で歩くことはできないだろう。

「先ほど、名取会長から連絡がありました。警察は抑えてくれるそうです」

秋信社長の私有地で起こった事件に関し、警察はいっさいを不問に付す。名取会長および名取グループの底力だ。

「そうか」

今回、名取会長は断腸の思いで跡取り息子を切り捨てた。跡取り息子の独断と暴走が、名取グループの屋台骨を揺るがすと判断したからだ。

「警察は名取会長が押さえてくれますが、ヤクザとマフィアは押さえられません」

祐の顔の引き攣《ひ》《つ》り具合は、眞鍋組のシマの状態を如実《にょじつ》に表している。

「眞鍋のシマは残っているのか？」

日に日に眞鍋組のシマが奪われ、清和は自分の身体が切り取られる気持ちにも等しかったようだ。

「加藤も香坂も自分のシマを離れることが間違っています。いくらうちが煽ったとはいえ、どこまで馬鹿なんだ……ナメられていたのかな？」

加藤に従った安部の舎弟から『監禁場所は信州《しんしゅう》のどこか』という密告が届いた。橘高が特に可愛がっていた舎弟からも『長野に何かある』というメッセージが入った。安部からも『長野の雪山』という簡潔なメールが届いたそうだ。それぞれ、加藤に忠誠を誓いたくて誓ったわけではない。眞鍋組を真っ二つに割らないため、苦渋の決断をしたまでだ。

名取グループの重鎮ふたりの意見も聞き、監禁場所に狙いを定めてから、リキは清和の名代として真正面から加藤に宣戦布告した。今から長野の山に乗り込む、と。

加藤は清和派の宣戦布告で舎弟を集めて監禁場所に集結したのだ。一網打尽にできると踏んでいたらしい。どうも、清和一派を株式会社のサラリーマン集団と侮《あなど》っていたフシがあった。

結局、京子が火蓋《ひぶた》を切った怨讐《えんしゅう》絡《がら》みの闘争は、清和と加藤のシンプルな力の闘いで幕を閉じた。

「安部は？」

眞鍋組のシマを守っているのは昔気質《むかしかたぎ》の安部だが、負傷した情報しか入ってこなかった。

「安部さんがシマで頑張っていましたが、三十分前に蜂《はち》の巣《す》になりました。蜂の巣になっても、心臓は動いているそうです」

祐の周囲の空気が恐ろしいぐらいピリピリして、安部の容態が芳《かんば》しくないことを伝えてくる。ショウは安部の話を聞いた瞬間、出口に向かって走りだしていた。素早く、リキが鉄砲玉の首根っこを摑む。

もっとも、清和にしてもショウと同じ気持ちだ。

「……行くぞ」

安部が命を懸けて守ったシマを奪われるわけにはいかない。いや、ほかの組織に切り取られたシマもすべて取り戻す。

清和はリキやショウと視線を交差させると、新たな戦場に向かおうとした。しかし、消毒液を手にした氷川と目が合い、清和の足が自然に止まる。

一瞬、なんとも言いがたい沈黙が流れた。

清和の双眸に後悔や懺悔《ざんげ》が混じったので、氷川は聖母マリアのように優しく微笑んだ。

「清和くん、怪我人は僕に任せなさい」

清和が極道である限り、修羅の道を突き進む。愛した男を手放したくないのだから、すべて黙認するしかない。時には法律にも常識にも倫理にも目をつぶる。氷川にとっての正義は清和だ。それ以外にない。

「ああ」

清和はすべてを包み込むような氷川の優しい表情と声に安心したらしい。周りにいた男たちも一様に安堵の息を吐いた。

「僕は清和くんのものだけど医者だ。医療行為しかできない。怪我人を見たら相手が誰であっても見過ごせない」

清和が命のやりとりをしていても、氷川は日本刀を手に加勢できない。憎き相手にも凶器を突き刺すことができない。

「それでいい」

「必ず、無事な顔を見せると約束して」

無事に僕のところに帰ってくると約束しないと放さない、と氷川は潤んだ目で語りかけた。

「ああ」

「誰ひとり欠けることなく会いましょう。いってらっしゃい」

氷川が毅然《きぜん》とした態度で見送りの挨拶《あいさつ》をすると、その場にいた男たちはいっせいに頭を下げた。

誰も一言も口にしない。修羅の世界で言葉など、なんの役にも立たないからだ。

清和は雄々《おお》しい男たちを従えて激戦地の不夜城へ向かう。氷川は医師として怪我人とともに残る。

無事に再会できると信じて疑わない。

あとがき

講談社X文庫様では二十八度目ざます。己の人生についてしみじみと落ち込んでいる樹《き》生《ふ》かなめざます。

いえ、そのですね、人生ですの。読者様の応援のおかげでこうやって作品を発表させていただき、生活の糧《かて》を得ていますが、いろいろと不安は尽きません。アタクシの別荘……ならぬ妹が住む小田原《おだわら》ではお歳《とし》を召された殿方が川で釣りをしています。妹のマンションの前に流れる川でもお歳を召された殿方が釣りをされています。

アタクシも川で魚を釣ってなんとかならないかしら、と樹生かなめは思いつきました。アタクシと同じろくでもない血が流れている妹も、毎朝、川で釣りをする人の光景を眺めているせいか、同じことを考えたそうです。妹曰《いわ》く「私も川で釣りをしてみようかと思ったけど、ミミズみたいな餌《えさ》が持てない」と。

はっ、そうざますね？　魚の餌ってあれなんざますよね？　もちろん、アタクシも気持ち悪くて触れません。

餌という難問にぶつかりましたが、ここで逃げては女がすたります。

魚を捕る手段はひとつではありません。

魚を網で捕ればいいんじゃないですか。

魚の掴《つか》み取《ど》り、もあるじゃないですか。

小田原の魚に網で挑みかかるか、素手で立ち向かうか、人生の岐路に立たされているわけ……ではありませんが、そんな気分ざます。

担当様、小田原で一緒に網で魚を捕りませんか……ではなく、ありがとうございました。深く感謝します。

奈良千春《ならちはる》様、小田原で一緒に魚の掴み取りをしませんか……ではなく、癖のある話に今回も素敵《すてき》な挿絵をありがとうございました。深く感謝します。

読んでくださった方、ありがとうございました。再会できますように。


一度でいいから漁船に乗ってみたい樹生かなめ

『龍《りゅう》の激闘《げきとう》、Dr.《ドクター》の撩乱《りょうらん》』、いかがでしたか？

樹生《きふ》かなめ先生、イラストの奈良千春《ならちはる》先生への、みなさまのお便りをお待ちしております。

樹生かなめ先生のファンレターのあて先

〒112-8001　東京都文京区音羽2-12-21　講談社　文芸図書第三出版部「樹生かなめ先生」係

奈良千春先生のファンレターのあて先

〒112-8001　東京都文京区音羽2-12-21　講談社　文芸図書第三出版部「奈良千春先生」係

N.D.C.913　238p　15cm

樹生かなめ（きふ・かなめ）

講談社X文庫

血液型は菱型。星座はオリオン座。
自分でもどうしてこんなに迷うのかわからない、方向音痴ざます。自分でもどうしてこんなに壊すのかわからない、機械音痴ざます。自分でもどうしてこんなに音感がないのかわからない、音痴ざます。自慢にもなりませんが、ほかにもいろいろとございます。でも、しぶとく生きています。
樹生かなめオフィシャルサイト・ROSE13
http://homepage3.nifty.com/kaname_kifu/

white heart

龍《りゅう》の激闘《げきとう》、Dr.《ドクター》の撩乱《りょうらん》

樹生《きふ》かなめ

●

2013年2月5日　第1刷発行

定価はカバーに表示してあります。

発行者——鈴木　哲
発行所——株式会社　講談社
東京都文京区音羽2-12-21 〒112-8001
電話 編集部 03-5395-3507
販売部 03-5395-5817
業務部 03-5395-3615
本文印刷—豊国印刷株式会社
製本——株式会社千曲堂
カバー印刷—半七写真印刷工業株式会社
本文データ制作—講談社デジタル製作部
デザイン—山口　馨

ISBN978-4-06-296760-0